처음에는
프린세스가
될 예정이었다

처음에는 프린세스가 될 예정이었다

환상문학웹진 거울 대표중단편선 Vol.19

아작

차례

여기, 아름드리 느티나무가 있습니다.
환상문학웹진 거울입니다.

5~6년 전, 생물학을 전공한 동료로부터 휴일에 카톡 메시지를 받았다. "SF 같은 것 좋아하셨지요?"라는 메시지와 함께 도착한 URL과 페이지 화면은, 지금과는 조금 달랐던 것도 같지만, '환상문학웹진 거울'이었다. 그 동료는 내가 뭐라고 말하기 전에 자신이 좋아하는 곽재식 작가의 신작을 매달 한 편씩 볼 수 있는 곳이라며, 그 외에도 좋은 작품이 많으니 읽어보라는 추천을 덧붙였다. 나는 웹진 거울에서 필명을 쓰고 있기도 하지만 당시에는 글을 올리지는 않고 독자 단편 심사만 맡고 있던 때였으므로, 아마도 동료는 내 글을 거울에서 읽지는 않았을 것 같았다.

내가 조금 놀라서 머뭇거린 탓인지, 동료는 이어서 덧

붙였다. "매달 1일에 소설이 올라오는데요, 매달 올라오는 편수가 같진 않고요. SF도 있고, 판타지도 있고, '그냥 일반 소설'도 있어요. 옛날 글 읽다 보면 시간 가는 줄 몰라요." 그 뒤로 내 근무지가 바뀌면서 동료와도 연락을 주고받지는 않게 되었지만, 동료의 메시지창은 오랫동안 내 대화방 리스트에 남아 있었다. 그리고 사람들에게 웹진 거울에 대해서 설명해야 할 일이 있을 때는 나는 동료의 말을 이용하곤 한다. "매달 1일에 소설이, 15일에 소설 외의 글이 올라와요. 소설은 SF도, 판타지도, 호러도, 미스터리도 있고요. 15일에는 도서 추천글, 환상문학에 대한 비평, 번역, 소설과 비소설의 리뷰가 올라옵니다. 벌써 20년 동안 글이 쌓여 있어서 읽다 보면 시간 가는 줄 모르실 거예요."

환상문학웹진 거울 홈페이지에서 단편란을 검색하면 단편소설을 올렸던 작가의 명단이 뜨는데, 한 화면에 다 뜨지 않을 정도로 많다. 거울 홈페이지에 오게 된다면 한번 명단을 쭉 훑어보시면 좋겠다. 이 사람이 여기 있냐고 놀랄 사람이 적지는 않을 것이다.

거울은 원고료가 없는, 필진들이 보수 없이 글을 올리는 공간이다. 이 글을 쓰는 2024년 11월 말 기준, 64번째 필진이 들어왔다. 필진이 되는 방법에는 크게 두 가지가 있다. 기성 작가가 자신의 이력과 함께 필진이 되고자 하는 의사를 표현하고, 기존 필진의 동의 절차를 거쳐 필진에 합류하는 방법, 그리고 독자 우수 단편의 연간 최우수작이 되거나 2회 이상 분기 우수작이 되는 방법이다. 긴 시간 동안 새롭게 필진이 된 사람 상당수가 두 번째 방법을 통해 필진이 되었다. 독자 단편에 글을 올린 뒤에 출판으로 이어져서 첫 번째 방법으로 필진이 되기도 한다.

지난 호 단편선에 작품을 수록한 작가 12명 중 9명, 이번 단편선에서는 9명 중 서계수, 김산하, 남세오, 빗물 등 4명의 작가가 독자 우수 단편란에서 처음 거울과 만났다. 거울이 20년을 넘는 기간 동안, 세기가 바뀌는 동안 계속해서 이어져 왔다는 건 이런 게 아닐까. '환상문학'이라는, 무척이나 포괄적인 이 넓은 범주 안에 모인 작가들은, 판타지, SF, 추리, 미스터리, 호러, 혹은 두 개 이상의 장르로 묶을 수 있는 다양한 환상성을 거울에서 펼쳐왔다. 거울은 마치 고향 마을 입구의 커다란 느티나무처럼 늘 그 자리에, 그러나 늘 같지는 않은 모습으로 있어 왔고 앞으로도 있을 것이다. 매년 필진들의 단편이 쌓이고, 글쓴이가 작품 중에 하나씩을 골라 매년 거울단편선을 만들어왔다. 올해 아홉 작품 역시, 한 해 거울에 올라온 글들 중에 고르고 고른 작품들이다.

첫 글 서계수 작가의 〈그렇게 전사는 뻐꾸기를 구하고〉
는 입양아인 언니를 제정신(?)으로 돌려놓기 위해 미래에
서 온 전사와 협력하는 이야기다. 10대 특유의 복잡한 자
매애를 다룬다. 서계수 작가의 호러는 곱씹을수록 두려움
이 커지는 재미가 있는데, 이번 단편선에서는 호러가 아닌
판타지 청소년물을 실었다. 필자의 최애작이기도 하다. 너
무 잘나서 자꾸만 나와 비교되는 언니라면 입양아든 아니
든 질투와 동경이 뒤섞인 복잡한 마음을 가지게 되겠지만,
거창한 훼방 놓기도 사춘기 히스테리도 없이 일기장에 소
심하게 불만을 적는 동생의 모습은 10대다운 귀여움으로
가득하다. 자매가, 동성 형제가 있는 사람이라면 한 번은
느껴봤을 감정을 경쾌하게 다룬 즐거운 글이다.

박희종 작가의 〈대결〉은 컴퓨터와 인간의 대결에서 인
간의 패배가 당연한 시대에 점쟁이와 미래 예측 프로그램
의 대결을 그린다. 아무리 과학이 발달하더라도 인간은 정
교한 예측 프로그램이 보여주는 미래 대신 모든 것을 초월
한 존재에게 기대고 싶어지는 것일까. 인물 사이의 갈등이
선명하고 기승전결이 완벽하게 마무리되는 극적인 단편이
다. 마치 단편 드라마 한 편을 본 것 같은 깔끔한 전개의

끝에는 따뜻한 마음이 남을 것이다.

김산하 작가의 〈상태창!〉은 어느 날 모든 사람의 앞에 자신에 대한 상태창이 떠오른 상황을 그린다. 모든 사람의 스탯이 전 세계 인구에서의 비율로 나타나며 사람들이 혼란스러워할 때, 나는 대학교 때의 룸메이트인 '도'와 '호'를 만난다. 외양에 신경을 쓰며 다른 사람을 무시했던 호는 물려받은 재산을 바탕으로 성공했으면서 사람들에게 성공담을 파는 일을 하고, 운동선수 출신의 대학생으로 열심히 공부해도 성과가 적었던 도는 보수 적은 일을 묵묵히 해 나가기만 한다. 두 인물의 상반된 미래를 통해 화자가 느끼는 감정에 공감하며 읽다 보면 현실의 상황을 떠올릴 수밖에 없다. 상태창이 없어도 우리는 서로의 스탯을 짐작하고, 쉽게도 누군가를 판단하곤 한다. 정상에서 벗어난, 남들보다 느린 이들에 대한 잔인함과 타고난 것을 노력한 덕분이라고 착각하는 이들의 오만을 생각하게 되는 글이다.

남세오(노말시티) 작가의 〈하늘색 바다색 그리고 청록색〉은 세 가지 원추세포 RGB 외에 시안색을 볼 수 있는 C 원추세포를 가지고 태어난 이들이 존재하는 새로운 세계를 그려낸다. 기존의 원색에다 시안색을 포함하는 선명한 원색이 존재하는 세계. 대부분의 사람들에겐 흰색으로 보이는 것이 사실은 서로 다른 두 색이라는, 그래서 흰색 잉크로 흰색 종이에 글을 쓰는 것이 그들만의 암호가 된다는 설정은 경이롭기까지 하다. 인간의, 기득권의 시선으로 바라보는 세계를 비판하는 작가 특유의 선명한 비판의식이 돋보이는 글이다. '보게 되면 알게 되고 알게 되면 보이나니, 그때 보이는 것은 전과 같지 않으리라.' 경전 속 글처럼, 계시문처럼 반복되는 글이 깊은 울림을 준다.

해도연 작가의 〈우주항로표지관리원의 어느 날 30분〉은 태양계 모든 행성 주변에 사람들이 살게 된 미래의 우주 등대지기, '우주항로표지관리원'의 이야기다. 감마선 폭발이라는 재난 상황에서 인간이 선택하는 숭고함을 그렸다. 정교하게 쌓아놓은 설정으로 구축된 미래의 모습은 우리가 언젠가 맞이할 미래의 모습으로 상상하기에 충분하고, 잘 만들어진 배경 속에 그려지는 인물들의 감정선은 또렷하고 아름답다. 하드 SF의 탄탄한 외피 안에 들어간 인간성에 대한 이야기는 해도연 작가가 가장 잘 쓸 수 있는 이야기이고, 이번 작품 역시 그렇다.

아밀 작가의 〈그리고 노래하기 시작했다〉는 옛날이야기를 들려주듯 어리석은 왕의 이야기를 풀어낸다. 포악한 첫째 대신 왕위를 물려받은 어리석은 둘째는 형을 두려워한

나머지 어리석은 결정만 끝없이 내린다. 백성을 어리석다고 보고, 형을 피하기 위해선 무엇이든 해도 좋다고 생각하는 왕의 모습은 수많은 폭군, 어리석은 독재자의 우화가 된다. 〈라비〉에서, 〈로드킬〉에서 보여줬던 이야기꾼의 면모를 잘 살펴볼 수 있는 작품이다.

표제작인 김인정(미로냥) 작가의 〈처음에는 프린세스가 될 예정이었다〉는 게임 '프린세스 메이커 2'의 세계를 바탕으로 주인공의 이야기를 풀어낸다. 프린세스를 목표로 자라온 소녀가 아니라 마계에서 온 집사 큐브의 시점으로 그려내는 이야기다. 왜 용사는 소녀를 키워야 했는가에 대한 작가의, 큐브의 끊임없는 질문과 대답은 게임 '프린세스 메이커'를 사랑했던 사람들을 뭉클하게 만든다. 김인정 작가의 동화는 언제나 옳다. 작가의 동양 판타지가, 소녀물이 언제나 옳은 것처럼.

내가 쓴 〈여름의 섬〉은 기후 위기 이후에 여전히 이기심을 버리지 못한 세계를 그린다. 이런 미래가 오지 않기를 바라며 쓴 글이지만 처음 이 글을 쓰고 난 뒤 지금까지 세계는 조금 더 나쁜 쪽으로 향해가고 있는 것처럼 보여 불안할 따름이다.

마지막 작품인 빗물 작가의 〈델릭타 그라위오라〉는 외딴 곳에서 범을 기르며 영혼을 만나는 기묘한 존재 자경, 니노와 수녀 세라피나를 둘러싼 죽음에 대한 호러물이다. 눈으로 외부와 단절된, 전화선조차 끊어진 수도원을 배경으로 발생한 연이은 죽음은 고딕호러를 연상시키고, 거기에 넋의 단발마적인 호소가 섞이고 등장인물들의 과거사가 얽히며 점점 긴장이 고조된다. 피해자가 같은 피해자를 원망하게 만들 만큼, 피해자들이 모든 걸 포기하고 가해자를 두둔하는 쪽을 택할 정도로 가해자의 권력이 견고한데도, 온 힘을 다해 살아가기를 택하고 가해자에 맞서기를, 같은 피해자의 목소리에 귀를 기울이기를 선택하는 저항이 눈물겹도록 아름답다. 사람을 사랑하는 호러의 힘이 여기에 있다.

＊

　　이 책의 아홉 편을 다 읽고 나면, 거울에 들어와보시면 좋겠다. '환상문학웹진 거울'로 검색해도 되고, '웹진 거울'도 가능하다. 매달 1일에 어떤 새 글이 올라왔는지, 내가 좋아하는 작가는 새 글을 올렸는지 궁금해하며 들어와도 좋다. 15일쯤에 새로운 리뷰가 올라왔는지, 작가진의 새 인터뷰가 있는지, 필진들의 이번 달 추천 도서는 무엇인지 보러 와도 좋다. 문득 생각이 났을 때, 어느 날에든 들어와서

64명 필진의 이름으로 올라온 그간의 단편을 주욱 훑어봐도 좋다. 그중 어떤 작품은 책으로 묶여 나왔다는 안내가 있을 테지만, 공개된 단편을 통해 자신의 최애 작가를 새로 찾게 될지도 모른다. 조용한 게시판에 감상을 남겨도 좋고, 문득 글이 써보고 싶어졌다면 독자 단편란에 글을 올려보는 것도 좋다.

참 조용한 공간이라 사람들이 얼마나 오가는지는 알기 쉽지 않겠지만, 매달 독자 단편란에는 꾸준히 글이 올라오고, 필진들은 매달 자신이 읽었던 좋았던 책을 소개하며, 아무런 대가도 바라지 않고 거울이라는 지붕 아래에서 자신의 환상을 풀어놓는다. 그러니 들어오시라. 고향 마을 앞 느티나무 아래에서, 그동안 쌓여 있는 거울의 수많은 이야기들을, 즐겨보시길.

— 구한나리

그렇게

전사는

뻐꾸기를
구하고

서계수

급식실 구석의 긴 테이블 끄트머리. 연아름은 거기 혼자 앉아 밥을 먹고, 나는 그런 연아름을 지켜본다. 잘생긴 얼굴, 좋은 성적, 털털한 성격, 고로 인기 많음. 완벽한 그 애가 혼자 밥을 먹는 건 신기한 일.

그래야만 했다.

연아름은 태어난 그해 2월 우리 부모님에게 입양되었다. 그리고 같은 해 11월에 내가 태어났다. 엄마가 나를 임신한 걸 몇 주만 더 빨리 알았다면 연아름을 입양하지 않았을까? 부질없는 가정이지만, 나는 가끔 그런 생각을 해보곤 한다. 만약 잘난 언니가 없었다면, 이렇게 공부도 못하고 성격도 나쁘고 인기도 없는 나지만 좀 더 살맛이 나지 않았을까? 연아름을 볼 때마다 속이 비틀리지 않아도 되고 말이다.

겨우 몇 달 먼저 태어난 주제에 연아름은 언니 노릇을 톡톡히 했다. 엄마 없을 땐 네가 엄마야, 라는 엄마의 말도 안 되는 말을 철저히 지키며 나를 못살게 굴었다. 맨발로 현관 바닥을 밟으면 혼내고, 손을 안 씻고 빵을 뜯어 먹으면 화를 내는 것까진 그렇다 치자. 짜증이 난 내가 방에 틀어박혀 있으면 라면 한 냄비를 끓인 상을 들고 와 보란 듯이 먹어대는 건 대체 뭐란 말인가? 못 견디고 눈길을 주면 그제야 젓가락 두 쌍 중 하나를 내밀곤 했다. 그래 놓고 엄마가 돌아왔을 때 제가 얼마나 동생인 나를 잘 돌봤는지 나불대는 걸 듣고 있으면 라면과 함께 삼켰던 짜증이 도로 올라오곤 했다.

그런 내게 비밀 일기장은 언제나 소중한 감정 배출구였다. 누굴 욕하는지 들키면 곤란하니까 '뻐꾸기'라고 썼다. 어릴 때 읽은 과학 앨범에 따르면, 뻐꾸기는 다른 새의 둥지에 알을 낳고 간다고 한다. 먼저 부화한 새끼 뻐꾸기를 다른 새는 제 자식이라고 여기곤 누구보다 예뻐하며 키운다. 진짜 자기가 낳은 알은 몰라보고 말이다. 나는 내가 새끼 뻐꾸기에게 밀려난 진짜 새끼 새라고 생각했다.

'뻐꾸기는 오늘도 잘난 척을 한다.'
'뻐꾸기가 어른들한테 칭찬을 받았다.'

지금도 그 일기장은 내 서랍 어딘가에 잘 모셔져 있을 테지만, 연아름은 이제 예전의 그 잘난 모습을 다 잃었기에 내 일기장은 업데이트가 되지 않는다. 불과 한 달 만에 생긴 변화였다.

아는 애 이야기에 따르면, 새 학년이 시작되고 첫 시험 날, 연아름은 벌떡 일어나 제게 주어진 시험지와 답지를 세로로 주욱 찢고 교실을 나갔다고 한다. 감독관으로 들어온 선생님이 말릴 새도 없이 말이다. 이상한 행동은 거기에서 그치지 않았다. 친구들이 왜 그러냐고 몰려와 묻자, 연아름은 말없이 그 애들을 노려보다 가장 친했던 친구의 따귀를 올려붙였다. 당연히 이번엔 선생님들이 몰려왔고, 우리 부모님도 호출되었다.

"우리 애가 그런 애가 아닌데요. 뭔가 착각하신 거예요."

"스트레스를 많이 받았나 봐요. 그치, 아름아?"

아빠가 울고 엄마가 연아름의 어깨를 흔들며 다그쳤지만 연아름은 한마디도 하지 않았다. 흔드는 대로 그저 흔들리며, 멍하게 엄마와 아빠 바라볼 뿐이었다. 교무실 밖에서 문틈으로 상황을 엿보던 나로선 기가 질리는 풍경이었다.

다시, 급식을 먹는 지금. 연아름의 주변엔 아무도 없다.

그리고 나는 그게 싫지 않다.

언니가 망가져서 슬퍼요, 흑흑! 하고 울기만 하기엔 나는 너무 정직한 사람이다. 이제 더는 잘나지 않았으니까.

엄마가 나보다 연아름 때문에 한숨을 쉬니까. 아빠가 나보다 연아름 때문에 우니까. 나는 그런 연아름을 불쌍히 여기는 척 코코아나 한잔 타주면 되니까. 그러면 가끔 가슴 한구석이 쿡쿡 찔리는 듯이 아프지만, 개의치 않는다. 연아름 따위 어떻게 되든, 내가 타준 코코아가 식고 그 위로 먼지가 쌓이든 알 바 아니다. 내겐 더 좋은 일들이 생겼으니까. 네 언니 왜 미쳤냐고 내게 물어보러 오는 애들이 늘어났고,

무엇보다도… 봐, 지금 서은새가 내 앞에 있잖아.

다른 남자애들보다 키도 크고 눈도 큰 서은새는 사근사근하기로도 유명해서 여자애들에게 인기가 많았다. 그렇지만 서은새에게 여자애는 딱 하나, 연아름뿐이었다. 딱할 정도로 연아름을 쫓아다녔는데 결국 거절당했다. 언젠가 너무 궁금해서, 궁금하지 않은 척 연아름에게 물어본 적이 있다. 왜 그렇게 밀어내냐고. 그때 걔가 뭐랬나?

"난 대학생 되기 전까진 애인 사귀고 싶지 않아. 공부에 방해되잖아."

서은새는 눈이 삔 게 틀림없다.

아무튼, 그런 서은새도 연아름이 이상해진 후론 내게 오는 일이 잦아졌다. 지금도 서은새는 내 앞에 앉아 급식을 깨작이고 있다. 무슨 말을 하려는 게 분명하다. 뭐지, 설마….

서은새가 심각한 표정으로 입을 달싹인다.

"있잖아, 사실 나는…."

그러다 머뭇거린다. 나는 조바심이 나서 재촉한다.

"어, 말해."

"나 말인데…."

서은새는 중얼거린다. 아, 이거 말하기 어렵네. 한숨을 쉬고, 그리고 결연한 얼굴로 말을 이어간다.

"나 사실 서은새가 아니다."

"…뭐라고?"

"이건 빌린 몸이고, 사실 난 시간 요원이야. 이상해진 네 언니를 원래대로 돌려놓으러 과거인 현재로 왔어."

나는 일어났다. 주변을 둘러보니 다행히 나와 서은새 근처엔 아무도 없다. 우리 이야기를 들은 사람은 없는 것이다.

미쳤어.

나는 의자를 드르륵 소리가 나게 식탁 아래로 밀어 넣고, 급식판을 대충 치우고 밖으로 나간다. 미쳤어, 미쳤어. 뒤에서 따라붙는 발걸음 소리가 들려와, 나는 전속력으로 달리고 달려 여자 화장실로 도망친다. 서은새가 포기하고 돌아갈 때까지.

학교가 끝나면 나는 연아름의 곁에 바짝 붙는다. 연아름이 이상한 짓을 하지 않게끔 잘 지켜보라는 엄마의 명이시다. 엄마의 걱정을 덜어줄 겸, 시키는 대로 하고 있다. 겸사 겸사 용돈도 좀 더 벌고.

연아름은 내가 따라다니는 걸 알기 때문인지 딱히 수상한 짓을 하지 않는다. 집에 가는 길에 꼭 한 번 편의점에 들러 평소에 즐겨 찾는 음료수를 사 마실뿐이다. 카멘토 음료수라고, '우리는 미래로 간다!'라는 표어를 내세운 음료수다. 여기서 '미래'는 아마 더 좋은 대학, 더 좋은 직장 뭐 그런 얘기일 것이다. 졸음 방지 효과는 물론이고 다른 음료와 달리 심장이 마구 떨린다든가 하는 부작용이 없어서 모범생들이 자주 찾는 주홍색 음료수다. 나는 마시지 않는다. 제때 잘 자는 건 중요하니까.

그나저나 서은새의 말, 어쩌면 진짜일지도 모른단 생각이 들었다. 왜, 연아름같이 완벽한 인간이라면 하늘에서 천사가 떨어져 구하러 온다 한들 이상할 리가 있겠는가? 내가 그런 생각을 할 동안, 편의점에 들어간 연아름이 음료수 냉장고 두 번째 칸을 열더니 손을 뻗어 무언가를 꺼냈다. 초록색 유리병에 든 그것은 카멘토 음료수가 아니라… 소주잖아. 미친 거 아냐? 나는 달려가 소주를 뺏고 꽥 소릴 질렀다.

"야, 너 미쳤어?"

소란을 눈치챈 아르바이트 언니가 달려온다. 언니는 내 얼굴도, 연아름의 얼굴도 안다. 어째서인지 우리가 자매라는 것도 안다. 언니의 굳은 안색이 편안해진다.

"아, 난 또. 너희구나?"

그리곤 내 손에 들린 소주와 연아름을 보곤 상황을 파악한다.

"몰랐구나? 어젯밤에 음료수랑 주류 자리를 싹 바꾸었어. 카멘토 음료수 있던 자리에 소주가 들어갔지. 아무리 그래도, 아름이 넌 음료수 포장도 안 보고 꺼내 드니?"

나는 멍청히 서서 아르바이트 언니가 내 손에서 소주를 받아 원래 자리에 두는 것을 지켜본다. 카멘토 음료를 계산한 연아름은 아무렇지 않다는 듯 편의점을 쓱 나섰고, 나는 저걸 따라갈지 말지 고민 중이었다. 집에 함께 도착하지 않으면 엄마한테 혼날 것이다.

그때 누군가 내 가방을 툭 쳤다. 돌아보니 잘생기고 키 큰 남자애, 서은새가 근심 어린 눈으로 나를 보고 있다.

"잠깐 얘기 괜찮아?"

나는 입술을 깨물며 서은새를 노려보다가 연아름을 쫓아 발걸음을 옮겼다.

서은새는 아파트 정문까지 나를 따라왔다.

"나 여기서 기다릴 테니까, 언니 데려다주고 올래?"

마치 우리 엄마가 내게 무슨 일을 시킨 건지 훤히 다 아는 말투에, 나는 저도 모르게 고개를 끄덕였다. 그리고 그 애가 제안한 대로 연아름을 들여보내고 아파트 정문으로 돌아왔다. 이래야 할 필요가 없는데, 라고 내심 저항해봤지만 소용없었다. 나는 서은새의 얼굴과 목소리에 약했다.

나는 부러 불퉁스러운 목소리로 물었다.

"네가 서은새가 아니라는 건 무슨 말이야?"

서은새가 편마암 정원석에 앉았다.

"말 그대로야. 나는 미래에서 온 사람이야. 아, 근데 온 방식은 네가 생각하는 그거랑은 좀 달라. 〈터미네이터〉라는 고전 영화 봤어?"

나는 고개를 애매하게 끄덕였다. 유튜브에서 구독한 영화 리뷰 채널에서 스치듯이 본 것 같은데? 분명 알몸의 사람이 하늘에서 떨어졌던가….

서은새가 고개를 저었다.

"무슨 생각하는지 알겠는데, 그렇게 안 왔거든? 이 '몸'은 서은새의 것이 맞아."

나는 이맛살을 찌푸렸다.

"계속 설명해봐."

서은새, 아니 서은새가 아니지. 그럼 나는 지금 내 앞에 서 있는 남자애를 뭐라고 불러야 하는 걸까?

서은새가 내 표정을 보곤 이해한다는 듯이 부드러운 낯을 했다.

"나는 시간 요원이야. 그게 내가 유일하게 남에게 밝혀도 되는 내 신상 정보이고. 예전에 말했듯이 나는 미래에서 왔어. 단, 정신만 날아온 거야."

내가 물었다.

"그럼 넌, 서은새에게 씐 귀신 같은 거야? 미래에서 온 귀신?"

시간 요원이 머리를 긁적였다.

"귀신은 아니지. 난 미래에서 죽지 않아. 여전히 살아 있다고. 단, 내 몸은 지금 어느 연구 단지에 누워 있지."

"잠깐, 그럼 원래의 서은새는 어떻게 된 건데?"

시간 요원이 눈을 깜박이더니 조용히 대답했다.

"서은새는 지금 잠들어 있어."

습기를 머금은 여름 바람이 서은새의 모습을 한 시간 요원의 머리카락을 헤집고 달아났다. 아직 굵진 않지만 낮은 목소리가 설명을 계속했다.

"아침이 되어 서은새가 눈을 뜨는 모습을 생각해봐. 눈을 떴지만 깨어난 것은 아니야. 낮에 서은새의 몸을 차지하고 있는 것은 나니까. 그동안 서은새는 꿈을 꾸는 거야. 한낮에 꾸는 꿈. 우리는 백일몽이라고 부르지."

나는 시간 요원이 말하는 '우리'가 누구일지 신경이 쓰였지만 일단 말을 자르지는 않았다.

"서은새의 입장에서 지금 내 활동은 몽유병 증상과 비슷해. 잠들어 있지만 움직이는 거야. 주도권은 나에게 있는 거지."

"말도 안 돼. 그럼 서은새한테 완전 민폐 아냐?"

시간 요원이 픽 웃었다.

"당연하지. 그래서 미래의 본인에게 동의를 구했어. 부담이 가지 않는 한에서 당신의 육체를 빌릴 수 있겠냐고. 본인은 흔쾌히 허락하던데?"

나는 이해할 수가 없었다.

"그냥 타임머신으로 오지 그랬냐?"

귀신 빙의도 아니고. 내가 중얼거리자 시간 요원의 낯이 진지해졌다.

"타임머신이 있긴 한데… 굳이 이런 번거로운 방법을 쓴 건, 미래엔 시간여행이 막혀 있기 때문이야. 나비 효과나 타임 패러독스 때문이지. 예를 들어, 네가 과거로 돌아갈 수 있다면 뭘 할 것 같아?"

나는 즉시 대꾸했다.

"복권 사야지."

"소박하네. 고작 복권이라니."

"고작, 복권이라고? 야, 복권이 어때서? 로또 1등 당첨을 무시하냐?"

시간 요원이 손사래를 쳤다.

"비웃은 거 아니야. 그래, 복권 정도면 괜찮겠다. 그렇지만 누군가가 과거로 날아가 기업이나 국가를 세운다면? 그렇게 해서 그 누군가가 원래 살고 있던 시간대인 미래, 즉 그의 현재에 영향을 미치려 한다면? 그럼 어떨 것 같아?"

나는 상상하려 애썼지만 잘되지 않았다. 하지만 시간 요원의 말투로 봤을 때 그건 아마 좋지 못한 일임엔 틀림없었다.

"그래서 시간여행은 금지된 거야. 하지만 기술이 더 발전하자 법의 사각지대를 교묘히 피해 타임 테러리스트들이 기승을 부리기 시작했지. 그들이 건드린 건 '꿈의 영역'이었어. 미래인이 과거인의 정신을 지배해 그들이 원하는 대로 행동하게 만드는 거야. 꼭두각시로 부리는 거지. 이 시대의 컴퓨터 용어로 묘사하자면, '해킹'에 가깝겠네."

"잠깐, 그게 어떻게 가능해?"

"누군가가 네 꿈에 주기적으로 간섭해 이미지나 이야기를 삽입한다고 생각해봐. 심지어 꿈은 무의식뿐 아니라 자각할 수 있는 의식에도 영향을 미치잖아? 고양이나 토끼가 죽는 슬픈 꿈을 꾼 사람들은 깨어나서도 그 꿈을 기억하며 울곤 하잖아. 만약 그 꿈이 온전히 네 머릿속에서 생겨난 것이 아니라면? 누군가가 네게 어떤 사물이나 사건에 관해 긍정적이거나 부정적인 '인상'을 주입할 수 있다면?"

시간 요원은 목이 타는지 가방에서 물을 꺼내 들이켰다.

"그게 타임 테러리스트들이 하는 짓이고, 네 언니가 당한 일이 그거야."

"근데 왜 하필 우리 언니가 당한 거야?"

"아까 〈터미네이터〉 얘길 했잖아. 내용 알고 있어?"

나는 고개를 저었다. 애초에, 단 한 번도 처음부터 끝까진 본 적이 없었다.

"과거에 살고 있으나 훗날 저항군 리더가 될 인물을 구하러 미래에서 전사가 날아와. 내가 바로 그 전사고, 네 언니는…."

내가 중얼거렸다.

"저항군 리더라 이거지."

갑자기 힘이 쭉 빠졌다. 그런 거였냐.

그래, 안 그러던 애가 왜 저러나 했더니, 세상에. 미래에서 전사가 날아올 정도로 거창한 인물이 될 예정이라 그랬구나.

"타임 테러리스트들은 교묘한 방식으로 네 언니의 성적과 평판을 망쳐놓을 셈이야. 죽일 필요도 없지. 이런 빡빡한 사회에선 한 번의 추락만으로도 재기 불능까지 몰릴 수 있으니까. 그런데…."

시간 요원이 묘한 표정으로 나를 바라보았다.

"네 언니를 구할 좋은 기회인데, 표정이 왜 그래?"

"…내가 뭐? 당연히 기쁘지, 나도. 내가 어떻게 도우면 되는데?"

목소리 관리 안 되네. 서은새, 아니 그 안에 들어 있는 사람이 나를 뭐라고 생각할까?

그러나 시간 요원은 그저 한숨을 쉬곤 말을 이어갔다.

"네 도움이 필요하거든, 그러니까…."

따뜻하고 큼지막한 손이 내 손을 감싸 쥐었다. 시간 요원이 몹시 민망한 얼굴로 나를 보고 있었다.

"내가 네 친구가 되어야 하는데…괜찮아?"

나는 그만 얼빠진 소리를 내고 말았다.

"뭐, 왜?"

시간 요원이 난감하다는 듯 손을 뺐다.

"싫어? 그래도 그 방법이 제일 손쉽거든. 너희 집에 내가 들어가야 하는데, 역시 친구가 아니면 좀 힘들지 않겠어?"

"…인 걸로 해."

"어? 잘 못 들었어."

"친구 말고, '남자친구'인 걸로 해."

"…왜?"

"나 친구 없는 거 우리 엄마도 알아. 그런데 갑자기 친구라고 하면서 널 데려오면 믿겠어? 남자친구쯤 되어야 그런가 보다, 할 걸."

나는 술술 대답했다. 말은 바른 말이었다. 조금 켕기긴 했지만. 시간 요원이 옳다는 듯 고개를 끄덕였다.

"그럼 그렇게 해. 내가 네 남자친구인 걸로."

시간 요원과 함께 들어온 집은 낯설었다. 공기라든가, 분위기가 전혀 달랐다. 나는 침착해지려 애썼다. 이건 어디까지나 연아름을 구하기 위해서 뭉친 거다. 게다가 이 인간은 진짜 서은새도 아니다. 그렇게 생각하자 머리가 차차 식었다. 그래…전혀 흥분할 일 없잖아.

낮이라 엄마와 아빠 모두 일 때문에 집을 비우고 있었다.

시간 요원이 조용히 신발을 벗었다. 나는 양말 신은 발로 앞서서 연아름의 방에 다가가, 시간 요원에게 손짓하고 닫힌 방문을 두드렸다. 인기척이 없었다. 그러나 연아름은 여기 있을 것이다.

나는 문을 조금 열고 문틈으로 엿봤다. 과연, 연아름은 책상에 반듯이 앉아 문제집을 풀고 있었다. 나도 모르게 한숨이 나올 뻔했다. 문제집을 풀면 뭐 하나 싶은 상황에도 문제집을 풀고 있는 게, 자의인지 타의인지는 모르겠으나 참 연아름다웠다.

책상에는 카멘토 음료가 있었다. 그리고 보니 저 음료수를 갖고 이상한 일이 있었지. 나는 문틈에서 시선을 돌리고 시간 요원에게 아까 있던 일을 짧게 설명했다.

시간 요원이 설명했다.

"카멘토 음료엔 고카페인과 타우린 외에도 과거인의 렘수면, 즉 꿈을 미래인이 미래에서 잘 포착할 수 있게 해주는 성분이 담겨 있어. 더 위로 올라가고 싶은 사람들, 즉 성실하고 영민한 사람들에게 어필하는 음료수지. 그래서 아이러니하게도, 카멘토 음료수와 연계된 타임 테러리스트들의 덫은 연아름같이 똑똑한 사람들이 더 잘 걸리는 함정이야."

나는 의아해졌다.

"사람들이라고? 연아름 말고도 많은 사람들이 타임 테러리스트들의 타겟이겠네? 그렇게 많은 사람이 조종당하고 있단 소리야?"

"그렇긴 해. 그래서 일단 첫 번째로 연아름을 구하려는 거지."

"잠깐, 또 이상한 게 있잖아. 현재에 존재하는 카멘토 음료수가 어떻게 미래에 있는 타임 테러리스트들을 도와줄 수가 있는 거지?"

시간 요원이 침울한 목소리로 대꾸했다.

"그거야, 카멘토 음료수는 처음부터 그런 목적으로 만들어진 물건이니까."

나는 입을 벌리고 한동안 멍해져 있다가 정신을 차리고 물었다.

"지금 당장 연아름 방에 들어가서 저 음료수부터 뺏어야 하는 거야?"

"아니. 그러면 안 돼. 음료수를 끊는 순간 연아름과 타임 테러리스트들의 연결도 끊어지고 말아. 그러면 우리 수사에도 차질이 생기는 건 물론이고, 연아름의 정신 건강에도 좋지 않아. 컴퓨터를 갑자기 끄다 보면 망가지는 것과 유사해."

내가 불퉁스레 중얼거렸다.

"한 번 강제 종료한 것 갖고 망가지는 컴퓨터가 어딨어."

시간 요원이 나를 빤히 바라보았다. 너 정말 네 언니를 안 좋아하는구나, 라고 말하는 듯한 눈빛이었지만, 나는 따질 마음이 나지 않았다. 사실이었으니까.

나는 모른 척 물었다.

"어떻게 해야 연아름을 원래대로 돌릴 수 있는 건데?"

"연아름을 조종 중인 타임 테러리스트와 연아름의 연결을 끊어야 해."

"그냥 미래에서 타임 테러리스트들을 해치우면 되는 거 아냐?"

"말했잖아. 연결을 강제로 끊으면 위험하다니까."

"그럼 어떻게 해야 하는데?"

시간 요원이 문에서 물러나며 대답했다.

"타임 테러리스트 쪽에서 연결을 중지하거나, 연아름 쪽에서 이게 꿈이라는 걸, 자신이 조종당하고 있다는 걸 자각하거나. 전자는 불가능하니 우리는 후자를 택할 수밖에 없어."

나는 엄마가 어깨를 잡고 흔들어도 요지부동에 멍한 얼굴을 하던 연아름을 떠올렸다.

"어떻게 해야 하는데?"

"지금 연아름에겐 모든 상황이 꿈속에서 일어나는 일로 인식되고 있을 거야. 현실을 꿈, 그러니까 무대 위의 연극처럼 인식하는 거지. 그래서 우리에겐 배우가 필요한 거야."

시간 요원이 내 쪽을 돌아보며 말을 이었다.

"무대 위에서 관객석의 연아름에게 소리를 지를, 제4의 벽을 깰 배우가 말이지. 그리고 그게 너야."

"왜 하필 나인 건데? 연아름에게는 나 말고도 걱정해주는 사람이 한 보따리쯤 될걸?"

"너여야만 했어. 넌 아까 네게 친구가 없다고 했지? 어떻게 보면 연아름도 마찬가지였거든. 우리가 조사해본 결과, 연아름이 자기와 동등한 위치의 가장 가까운 사람이라고 여긴 사람이 바로 너야."

나는 멍해졌다.

"연아름한테? 내가 그런 사람이라고?"

시간 요원은 그날 연아름과 내 방을 철저히 조사하고 돌아갔다. 무대를 파악하는 행동이라나. 그러곤 내게 지령을 내렸다. 가능한 한 연아름을 귀찮게 굴라고 말이다.

"내가 과거에 머무를 수 있는 시간은 무한하지 않아. 지금부터 한 열여덟 시간쯤 남았다고 보면 돼. 그 안에 연아름과 타임 테러리스트의 연결 고리를 찾아내야 해. 분명 타임 테러리스트들은 연아름의 꿈결 중심부에서 찾아냈을 거야. 자기들이 이용할 수 있는 무언가를 말이야."

나는 라면을 끓이며 연아름의 표정을 쳐다보았다. 여전히 멍한 얼굴이었다. 엄마와 아빠는 오늘 서울에서 만나 저녁을 먹고 들어오겠다고 했으니, 라면이 우리 둘의 조촐한 저녁 식사였다.

나는 냄비에서 라면을 반쯤 건져 연아름의 그릇에 담았다.

"먹어."

"……."

"이제 말도 못 하냐? 바보야."

"……."

나는 라면을 후루룩 삼켰다.

"너 진짜 날 중요한 사람으로 생각해? 아니, 지금은 아니더라도 미래에 말이야."

연아름은 대답이 없었다. 그저 라면이 탱탱 불어가는 것을 쳐다보고 있을 뿐이었다.

왠지 가슴이 답답했다. 그런 연아름과 라면 그릇을 보고 있자니, 그리고….

연아름 앞에 젓가락 한 쌍이 가지런히 놓여 있는 걸 보고 있으려니.

그러고 보니, 예전의 연아름이 내 방에 곧잘 들고 오던 라면 한 상엔 젓가락이 항상 두 쌍 놓여 있었다. 한 쌍은 연아름 본인의 것이고, 다른 한 쌍은….

언제나 내 거였다.

시간 요원이 내게 해준 말이 귓가에 맴돌았다.

"연아름은 널 아주 좋아해. 예전에도 그랬고, 지금도. 앞으로도."

지금, 지금이라고.

나는 표정을 감추기 위해 고개를 숙였다. 어차피 연아름이 눈치도 못 챌 걸 알면서도.

저녁 식사 후, 나는 편의점에 들러 카멘토 음료수를 한 병 샀다. 이걸 마시면 타임 테러리스트들의 관측기에 들어간단 말이지.

나는 시간 요원에게 낮에 받은 연락처로 전화를 걸었다.

"내가 카멘토 음료수를 마시면, 나도 조종하려 들려나?"

아니, 난 미래에 그런 거창한 인물 같은 게 될 리 없으니까. 아니겠지.

"가능성이 있어. 넌 연아름에게 중요한 사람이니까, 연아름을 더 확실히 망쳐놓기 위해 널 이용할 수도 있겠지. 그런데 왜? 설마 마시려고? 야, 무모한 짓은…."

나는 음료수를 마시고 침대에 누웠다. 잠은 잘 왔다, 여느 때처럼.

내가 조종당하고 있나? 아니면 그냥 꿈을 꾸는 걸까? 알 수가 없었다.

꿈의 배경은 현실과 같았다. 나는 내가 잠든 방에서 일어나 걸었다. 너무나 세밀한 배경, 벽지의 감촉까지 느껴지는 통에 꿈속인지 현실인지 구분하기조차 힘들었다. 머리도 아주 맑은 것 같았다. 연아름은 이런 상태인 걸까? 자기가 현실이라고 믿는 꿈속을 걷고 있는 것일까?

그때, 어디선가 뻐꾸기 소리가 들렸다.

지금은 밤이고, 여기는 아파트 고층이다. 뻐꾸기 소리 따위 들릴 리가 없지 않나.

현관문을 열고 나와 계단으로 내려갔다. 자동 센서에 반응해 불이 켜져야 할 계단실은 깜깜했다. 나는 달빛에 의지해 걸음을 디뎠다.

아파트 단지는 사람 하나 없이 조용하고, 감나무 빈 가지에 새 하나가 앉아 있었다. 뻐꾸기였다.

뻐꾸기가 중얼거렸다.

"질투하는 상대를 망가뜨릴 수 있는 절호의 기회잖아. 네 언니가 추락하는 것을 구경만 하라고."

내가 물었다.

"너야? 연아름을 조종하는 게."

뻐꾸기가 다시 중얼거렸다.

"내가 뻐꾸기야? 내가 뻐꾸기야? 왜? 나는 네가 그렇게 생각하고 있을 줄 몰랐어."

그리고 뻐꾸기는 날아올랐다.

나는 뻐꾸기를 쫓아 계단을 다시 달려 올라갔다. 숨이 차지 않고, 땀도 나지 않았다. 그저 조급하고 절박할 뿐이었다. 올라가면 무언가 불길한 것, 모든 것의 근원을 알게 될 것이란 확신에.

내 방, 내 책상 위엔 꽁꽁 감춰져 있어야 할 비밀 일기장이 올려져 있었다. 자물쇠는 어디로 갔는지 보이지 않고, 일기장은 펼쳐져 있다. 한 페이지가 구깃구깃하다. 나는 그 페이지를 읽었다.

'뻐꾸기가 사라졌으면 좋겠다.'

아하, 연아름. 내가 감춰둔 미움, 그걸 읽었구나.

불쑥 솟구친 건 처음엔 수치심, 그다음은 원망이었다.

그런데 그걸로 끝나지 않았다.

이해하고 싶지 않았던 감정들이 밀려들었다. 찡한 무언가로 가슴이 벅찼다. 나는 네가 내 미움을 모르길 바랐다. 알면, 알면 네가 이렇게 망가질 거란 걸 예감했기 때문이었을까?

내 미움으로 망가진 연아름이 안쓰러웠다. 그리고, 솔직하게. 다시 정직하게 말하자면,

조금은 기쁘다. 네가 망가질 정도로 나를 사랑한다는 것을 알아서.

내가 너를 사랑한다는 것을 알아서.

연아름은 자기 방 책상에 가만히 앉아 있었다. 나는 그런 연아름을 끌어안았다. 품속의 연아름은 언제 훤칠해 보였나 싶게 작았다.

뻐꾸기가 내 머리에 달려들었다. 머리카락을 채고, 부리로 찍어댔다. 거칠게 날갯짓을 해댔다. 뻐꾸기 발톱이 내

머리를 긁어댔다. 그렇지만 놓지 않았다. 다시 잃을 수는 없었다.

뻐꾸기가 악을 썼다. 연아름의 목소리와 굵은 남자의 목소리가 번갈아 흘러나와 귓전을 때렸다.

"나는 뻐꾸기가 아니야, 아니라고!"

"왜 이제 와서? 넌 그 앨 싫어하잖아. 망가지는 것을 기뻐했지. 안 그래?"

나는 연아름을 끌어안은 팔에 힘을 준다. 맞아, 나는 그랬어. 그러니까,

"미안해."

따뜻한 손이 내 손등 위에 포개어지는 것을 끝으로, 나는 꿈에서 깨어났다.

깨어나 보니 연아름이 나를 한심하단 얼굴로 내려다보고 있었다.

"잠꼬대 한번 기가 막히게 하네."

그리고 몇 시간 동안, 나는 현실에서 집요하게 용서를 빌고, 애걸한 끝에 결국 연아름과 화해할 수 있었다. 연아름은 계속 나를 흘겨보고 있었다. 그 애의 지나간 인간관계와 시험 성적은 되돌릴 수 없다. 그러나 아주 늦지는 않았을 것이다.

과거에서의 체류가 끝나기 5분 전, 서은새, 아니 시간 요

원과 작별할 때가 되었다.

아파트 벤치에 앉은 시간 요원이 툴툴댔다.

"무모했어. 타임 테러리스트들이 역으로 너를 이용할 수도 있었다고."

나는 어깨를 으쓱했다.

"뭐, 저항군의 리더? 그런 대단한 사람을 구하는 일인데 이 정도의 위험은 감수해야 하지 않겠냐."

시간 요원이 서은새의 얼굴로 웃었다.

"아직도 그걸로 꽁하냐? 하여간, 비뚤어져가지고."

내가 물었다.

"네 이름, 알려줄 수는 없는 거지?"

시간 요원이 끄덕였다.

"그럼 이건 대답해줄 수 있어?"

"질문에 따라 다르지. 뭔데?"

나는 망설이다 내뱉었다.

"내가 어떤 사람이 되는지."

바람이 또다시 머리카락을 헤집고 달아났지만, 시간 요원은 미동 없이 그대로 앉아 있었다. 그러더니 피식, 웃었다. 그 미소가 어쩐지 익숙했다. 마치… 거울이라도 보는 것처럼.

"'어떤 사람'이 될 필요 있어? 미래에 뭔가 대단한 일이 벌어져서 네가 대단한 사람이 될 거란 생각하지 말라고.

왜냐하면, 너는 이미….”

　시간 요원이 나를 끌어안았다. 다정하게 안아주는 팔의
힘에 어떤 생각이 머리를 스쳤다.

　아, 설마 너….

　그리고 서은새가 내 품에서 눈을 떴다.

서계수　환상과 공포 주력 작가.
포켓몬스터 무인판 세대이며, 최애는 뮤츠.
더 말할 것도 없이, 오타쿠이다.

대결

박희종

이세돌이라는 천재 바둑기사가 알파고라는 바둑 프로그램을 이겼다. 단 1승이었지만, 사람들은 컴퓨터를 이긴 인간의 승리라고 기뻐했고, 이세돌은 은퇴했다.

"내가 배운 바둑은 예술이었습니다. 하지만 홀로 모니터와 싸우면서 바둑은 더 이상 예술이 아니라는 것을 느꼈습니다."

그렇게 천재 바둑기사가 은퇴하고도, 많은 사람들은 컴퓨터 프로그램과의 대결을 멈추지 않았다. 두뇌를 써야 하는 체스나 장기, 오셀로 같은 보드게임부터, 본능이나 감이 중요시되는 포커나 블랙잭 같은 도박에 이르기까지. 사람들은 우습게도 자신들이 만들어놓은 프로그램과 끊임없이 경쟁하고 싶어 했다. 그 경쟁에서 인간이 이기면 아직은 인간이 더 우월하다며 우쭐댔으며, 프로그램이 이기면 그 프로그램을 개발한 것도 결국 사람이라며 으스댔다. 하지만 그 아무 의미 없는 경쟁은 그리 오래가지 않았다. 어느 순간부터 인간에게 프로그램이 이기는 것은 너무 당연한 일이었고, 조금 지나자 더 이상 인간과 컴퓨터 프로그램과의 대결은 흥미롭지 않았다. 그렇게 다시 오랜 시간이 지나고 인간과 프로그램 간의 경쟁이 사라진 어느 날, 다시 흥미로운 광고가 세상을 두근거리게 하고 있었다.

'미래 예측 프로그램 VS 이제 막 신내림 받은 동자신 무당'.

이제 더 이상 인간이 프로그램을 이길 수 없다고 생각한 순간. 여전히 프로그램이 정복하진 못한 분야를 찾아낸 것이다. 바로 영적인 부분이었다. 신기하게도 과학기술이 발달하고, 세상은 더없이 안정되고 평화로워졌지만, 사람들은 여전히 자신의 삶에 불안해했으며, 미래를 알고 싶어 했다. 다양한 채널에서는 미래에 대한 예측이 일기예보처럼 흘러나오고 있었고, 실제로 개개인의 데이터를 관리하는 비서프로그램들은 각자의 자산관리부터 건강관리, 심지어 발생가능한 사고나 리스크, 불규칙하게 발생하는 천재지변까지 예측하고 예방하고 있었다. 그런데 그런 완벽한 예측의 시대에도 사람들은 여전히 점집을 찾아다니며 미래를 묻곤 했던 것이다.

"여보, 도대체가 지금 시대가 어느 시댄데. 사람들이 점을 보러 다니는 거야?"

"재미있잖아."

"재미있어? 그게? 0.0001퍼센트도 과학적인 분석이 포함되어 있지 않은 그 행동이? 차라리 그 돈과 시간으로 낭비라도 하라고 해. 그럼 스트레스라도 풀리잖아. 그게 뭐 하는 짓이야. 정말 아무런 의미도 없는 일들을 하고 있냐고!"

"수호 씨, 왜 이렇게 흥분하고 그래? 누가 간대? 말이 그렇다는 거지. 그리고 지난주에 다미 엄마가 다녀왔는데, 그래도 뭔가 위안이 된다고 하던 데, 뭐."

"뭐가 위안이 된대?"

"그 집 다미가 불안불안하잖아. 입학 예측을 돌려도 자꾸 아슬아슬하게 나오니까…."

"나 참. 그럼 교육프로그램에 컴플레인을 걸든가. 더 높은 레벨의 프로그램으로 갈아타든가! 그 점쟁이가 다미 습득률을 높여준대? 아니면 학업 집중도를 높여준대? 나는 다미 엄마처럼 비과학적인 사람들을 보면 도대체 이해가 가지 않아. 정신이 나간 것 같다니까. 그러니까 당신도 하릴없이 다미 엄마랑 싸돌아다니고 그러지 좀 마!"

수호는 지금 필요 이상으로 아내에게 흥분하고 있었다. 그 이유는 자신이 바로 그 점집들을 찾아다니고 있었기 때문이다. 다만 그의 명분은 확실했다. 자신의 회사에서 만든 인류 예측 프로그램의 홍보를 위해 점쟁이들과의 대결을 기획한 것이 바로 수호였다. 수호는 자신의 프로그램이 얼마나 과학적이고 정확한지를 임팩트 있게 알리기 위해서, 가장 잘 맞춘다는 점쟁이와의 미래 예측 대결을 하려고 한 것이다. 그래서 수호는 자신의 프로그램 홍보 효과를 극대화하기 위해 가장 신기가 좋은 무당을 찾아야만 했고, 그 과정에서 유명하다는 무당은 모두 만나고 다녔다. 하지만 역시 그 바닥은 사기꾼들의 천국이었다. 대부분의 점쟁이들은 자신이 들어서자마자 자신의 표정과 행동들을 분석해서 비슷한 피드백만 했다.

"막혔네. 지금 꽉 막혔어. 지금쯤 뭔가를 시원하게 펑 뚫어주지 않으면 속부터 먼저 썩겠어."

수호는 언제나 사업을 하고 있다고 말하며, 수심이 가득한 표정으로 들어섰다. 대부분 사람들은 사업이 안 풀려서 방법을 찾으러 왔다는 것을 그들의 경험을 통해 짚어냈고, 그에 따른 솔루션으로 부적부터 시작해서, 다양한 미션들(집 안에 팥을 두라는 둥, 사무실에서 그릇을 깨라는 둥)을 제시했다. 심지어 일종의 샤머니즘 페스티벌을 열라는 사람도 있었다(당연히 어마어마한 비용을 이야기하면서 말이다). 수호가 방문하는 점집이 늘어나면 늘어날수록 수호는 점점 지쳐가고 있었고, 결국에는 이 프로젝트를 포기해야 하는지 고민하는 지경에 이르렀었다. 그런데 그런 생각으로 길을 지나다가 우연히 작은 광고지 하나가 눈에 들어왔다. 요즘 같은 시대에 길거리에 종이가 붙어 있다는 사실만으로도 그의 관심을 끌 만한 일이었지만. 그곳에 쓰여 있는 문구가 그를 그 앞에 더 붙잡아두었다.

'이제 막 신내림 받은 동자신 무당'.

수호는 광고지에 쓰여 있는 모든 말이 공감되지 않았다. 그의 상식으로는 왜 이제 막 신내림을 받은 것이 광고의 소재로 쓰이는지 납득이 가지 않았다. 누군가의 미래를 보겠다는 것은 아주 야심 찬 도전이다. 그런데 그런 도전을 하겠다는 자신감의 근거는 당연히 데이터여야 한다. 내가 지금까지 얼마나 많은 사람들의 미래를 예측했고, 적중했는지. 그리고 그로 인해 자신의 경력이나 능력치가 얼마나 높은 신뢰도를 만들고 있는지. 이런 것들이 홍보되고 광고 소재로 쓰여야 하는데, 저 문구에서는 자신이 경력이 없는 얼마 안 된 신인 무당이라는 것을 강조하고 있다. 심지어 그렇게 받은 신의 종류도 동자신이라고 한다. 정확한 뜻은 몰랐지만, 검색한 결과 동자는 어린아이를 뜻한다. 그렇다면 결국 저 무당은 아주 어릴 때 죽은 영혼을 이제 막 받아들인 초짜 무당이라는 말이다. 그런데 그 말로 버젓하게 광고하고 있었다. 수호는 문득 그런 생각이 들었다.

"그래 이것도 일종의 반발심을 자극한 광고 기술인가? 갑자기 궁금해지네?"

수호는 마치 무엇인가에 홀려서 이끌려가듯이 그렇게 광고지가 안내하는 골목으로 들어가고 있었다. 그리고 그렇게 들어간 곳에서 시작부터 엄청난 이야기를 들었다.

"기다리고 있었어. 왜 이렇게 헤매고 다닌 거야?"

모듈 상가 사이로 좁은 길을 따라 30미터쯤 들어가자 '점'이라는 한 글자만 딱 쓰여 있는 작은 문이 나왔다. 그리고 그 작은 문을 밀고 들어가자, 조그만 마당 같은 것이 나왔는데, 언젠가 고전 영화에서 봤던 것 같은 빨간 색등들과 다양한 색의 깃발들로 화려하게 꾸며져 있었다. 그리고 바닥에는 세발자전거나 각종 공들도 굴러다니고 있었는데, 동자신이어서 그런지 아이들의 장난감이 많이 보였다. 그리고 그 공간을 지나갔더니 왼쪽으로 또 하나의 문이 보였다. 수호는 자신도 모르게 노크도 하지 않고 그 문을 열고 들어갔다. 그랬더니 마치 수호를 기다리고 있었다는 듯한 표정의 한 젊은 여성이 화려한 한복을 입고 자신을 바라보고 있었다.

"기다리고 있었어. 왜 이렇게 헤매고 다닌 거야?"

"예?"

"나 찾으러 다닌 거 아니야? 두 달 동안?"

수호는 그 얘기를 듣자마자 머릿속으로 생각했다. 자신이 이 프로젝트를 기획한 것이 언제인지, 그리고 무당들을 찾으러 다닌 것은 또 언제부터였는지. 그런데 생각해보니 정말 신기하게도 오늘이 딱 두 달째 되는 날이었다.

"어때? 그동안 순 껍데기들만 만나고 다녔는데, 나는 좀 달라 보여?"

이제 겨우 20대 중반이 되어 보이는 젊은 여자가 다짜고 짜 자신에게 반말로 말을 걸고 있었다. 지금까지의 상황으로만 본다면 수호는 지금 당장 화를 내고 나가도 전혀 이상하지 않았다. 하지만 자신도 모르게 존댓말로 대답하는 자신이 스스로도 도저히 이해가 되지 않았지만 어쩌지 못하고 있었다.

"아…예…."

"일머리가 좋아. 성실하고, 지금까지 쌓아 온 것이 슬슬 성과를 만들어갈 시기야. 그래서 아마도 나한테 온 거겠지. 오면서도 참 발걸음이 무겁다 무겁다 했을 텐데. 용케도 여기까지 왔네. 이렇게 네가 날 찾아왔다는 것 자체가, 네가 그렇게도 부정하고 있는 운명이라는 것이 아닐까?"

수호는 눈 앞에 있는 어린 여자에게 기가 눌려 아무 말도 못 하고 있는 자기 모습이 한없이 초라하게 느껴졌지만, 한쪽으로는 찾았다는 생각이 드는 것도 사실이었다. 이 정도 포스는 가져야, 이 정도 신통함은 있어야 사람들도 기대할 것이고, 사람들의 기대가 커야 자신의 프로그램도 홍보가 될 테니까 말이다.

"멀리 찾아왔으니 선물을 하나 준다네. 우리 동자가. 이

따가 회사에 들어가면 옆방 놈이 수작을 하나 부릴 거래. 아마 지난달에 네가 돈 쓴 걸로 의심을 사게 만들려고 하는 건데. 어차피 그놈 목적이 사실인지 아닌지가 중요한 게 아니라, 그냥 사람들한테 네 평판을 깎아 먹게 하는 거니까. 차분하게 대처하래, 가는 길에 그 큰돈 쓴 데 가서 영수증이랑 영상이랑 미리 받아 가고, 그놈이 어제 거기서 한 짓거리도 받아서 가라네? 도움이 된다고."

그 여자는 허공을 보며 수호에게 말을 했는데, 말을 하는 모습이 마치 영상을 보며 설명하는 것 같았다. 그런 무당의 모습에 갑자기 조금 무서워지기 시작한 수호는 뭐라고 대답했는지도 모르게 그곳을 빠져나왔다. 그리고 스스로는 무당이 하는 말을 전혀 신뢰할 수 없다고 생각했지만, 어차피 프로그램을 만들려면 좀 검증해야 한다는 얇은 평계와 설마 하는 마음으로, 무당이 말한 지난달에 회식했던 레스토랑을 찾아갔다. 그곳은 수호가 자주 가는 곳이었기에 이미 매니저와 친분이 있었고, 무당이 말한 것을 얻어내는 것이 어렵지 않았다.

그리고 수호가 사무실에 들어갔을 때, 정말 1본부의 선철이 자신의 사무실에서 어슬렁거리고 있었다.

"오늘 2본부 출근 날이구나. 근데 본부장이 이제야 오는 거야? 뭐 그래?"

"신경 끄고 너희 사무실에나 가."

"에이… 내가 괜히 왔을까? 다 할 말이 있으니까 왔지."

수호는 선철의 저 자신만만하고 음흉한 표정이 아주 마음에 들지 않았다. 무당의 말에 따르면 분명히 또 못된 수작을 부리고 있는 것이 확실한데, 그런 사실을 알고 보니 더 꼴 보기가 싫었다. 그때, 선철의 핸드폰으로 대표의 영상전화가 왔다. 선철은 대표의 영상전화를 커다란 벽에다 띄웠다.

"무슨 일인가? 바쁜데…."

"아니. 대표님. 제가 어제 회사 앞 레스토랑에 갔는데, 거기서 좀 이상한 말을 들어서요. 글쎄 수호 본부장이 지난달에 거기서 2본부 회식했는데, 비용이 아주 과하게 나왔다고 하더라고요. 지금까지 우리 회사에서 거래한 금액 중에 역대급으로요. 이게 아무리 봐도 그렇게까지 나올 만한 곳이 아닌데, 혹시 뭐가 있나 싶어서요. 그날 회식했던 사람들 다 있는 데서 말을 좀 해보려고요."

수호는 순간 웃음이 나왔다. 그리고 무당의 말이 떠올랐다. 저 비열한 새끼. 만약 수호가 이 상황을 몰랐다면 그는 분명히 당황했을 것이다. 그러면 있는 사실도 더 구구절절하게 설명하려 했을 것이고, 그 과정에서 당황한 모습을 많이 보여줬을 것이다. 그리고 아마 그 당황하는 모습이 대표에게 그리고 조직원들에게 의심으로 이어졌을 것이다. 선철은 그 모습을 기대했겠지. 내가 대표 앞에서 회식비를 가지고 아등바등하는 모습을. 이 모든 상황을 미리 알고 말을 해준 무당이 무척 찝찝했지만, 그래도 수호는 기다렸다는 듯이 선철의 말을 받아치기 시작했다.

"그러니까요. 그날 보니까. 저희가 고기를 120인분을 주문했더라고요. 꼴랑 스무 명이서 말이에요."

"보십시오. 대표님. 이런 곳에서부터 돈이 새는 겁니다. 2본부가 찝찝한 게 한둘이 아니라니까요. 이런 식으로요."

수호는 선철이 말하는 동안 자신이 받아온 자료를 벽으로 보냈다. 그곳에는 결제 영수증 파일과 회식을 하고 마지막 인사를 하는 장면이 나오고 있었다.

"대표님, 지난번에 말씀드린 대로 저희가 이번 프로그램 개발로 인해 넉 달 동안 회식을 하지 못하고 모두 집에만 틀어박혀 있었습니다. 회식은커녕 각자 자기 끼니도 못 챙겨 먹은 사람이 대부분이고요. 그나마 다행히도 지난달에 최종 테스트까지 마치고 정말 기쁜 마음에 오랜만에 다 같이 모인 자리였습니다. 그래서 진짜 맘잡고 먹어보자 했는데, 아무리 먹어도 먹어도 사람이 한계가 있더라고요. 그래서 제가 본부장 재량으로 4개월 동안 함께 고생한 직원들의 가족도 함께 먹으라고 포장을 해서 보내줬습니다. 저 영상에서 보시듯이 맛있게 먹고, 양손 가득 고기를 들고 가고 있거든요. 제 맘대로 그렇게 해서 정말 죄송합니다."

순간, 사무실의 공기는 서늘해졌다. 선철은 자신의 계획

과는 다르게 잘 준비하고 대처한 수호의 태도가 마음에 들지는 않았지만, 대표의 무표정한 모습과 지금의 이 가라앉은 분위기가 자신에게 유리한 상황으로 흘러가고 있다고 생각했다. 그래서 아주 얇은 웃음을 짓는 순간, 대표가 입을 열었다.

"2본부. 여러분."

"예"

"맛있었나요?"

"예."

"가족들도 좋아하던가요?"

"예. 아주 좋아했습니다. 가족들까지 함께 먹으니 기분이 좋았습니다."

"저희 어머니는 신나서 춤을 추시더라고요."

"좋은 회사 다닌다고 칭찬받았습니다."

대표의 갑작스러운 질문에 처음에는 모두 당황했지만, 질문의 의도를 파악되자, 직원들은 웃으며 밝게 대답을 하기 시작했다.

"그럼 됐네요. 2본부장 잘했어요. 앞으로도 2본부는 꼭 포장까지 해주세요. 매달 회식하더라도."

"예, 감사합니다."

사무실의 분위기는 완전히 달라졌다. 사람들은 안도의 한숨을 쉬기 시작했고, 앞으로도 포장해가라는 대표의 허락에 분위기는 더 들뜨기 시작했다. 심지어 일부 조직원들은 대표의 말에 박수를 치고 환호성을 질렀다. 그 모습을 보고 있던 선철은 얼굴이 점점 구겨지고 있었다. 그런데 그때 직원 중에 누군가가 벽의 영상을 보며 말했다.

"어? 저거….."

순간 사람들의 시선이 그 벽으로 향했고, 벽에서 플레이되고 있는 영상에는 선철이 그 식당의 카운터에서 한 여성과 서로 끌어안고 진한 스킨십을 하는 장면이 나오고 있었다. 사람들은 놀라운 그 장면에 말을 잃고 그저 바라만 보고 있었고, 잠시 후 그 선철의 뒤통수에 가려져 잘 안 보이던 그 여성의 얼굴이 나오자 사람들은 정말 깜짝 놀랐다. 왜냐하면 그 여성은 바로 대표의 비서였기 때문이다.

"저게 언제 영상이지?"

"어제 영상입니다."

"1본부장은 지금 바로 올라오시죠."

선철의 얼굴은 파랗게 질려 있었다. 그리고 나머지 사람들도 뭐라고 반응해야 할지 몰라 아무도 말을 하지 못하고 있었다. 수호는 자기 동기이자, 지금까지 자기 일에 계속해서 시비를 걸어오던 경쟁자가 사라질 수도 있다는 생각에 기분이 좋을 수도 있었지만, 막상 이 상황이 자신이 혐오하던 영적인 일에서 기인했다는 사실이 너무 화가 났다. 그래서 지금 당장 이 모든 상황을 대표에게 말하고 싶기도 했지만, 자신이 개발한 프로그램을 홍보하고 알리는 데에 너무나도 필요한 존재라는 사실도 증명이 된 것이기 때문에 그럴 수 없었다. 그래서 수호는 이 모든 상황에 더 짜증이 난 것이다.

수호는 바로 광고지에 있던 전화번호로 전화를 걸어 다시 방문할 예약을 잡았다. 그리고 바로 직원들과 회의해서 그 무당과의 대결을 구체화했다. 수호는 이 대결을 준비하면서 자신의 신념이 점점 더 강화되는 것을 느꼈는데, 그건 아마 자신이 경험한 그 신비한 일들 때문일 것이다. 수호는 그 강렬한 경험이, 자신의 마음이 조금만 약해져도 금세 그 무당을 신봉하고 맹신하는 상황으로 이어질 것이라는 두려움 때문에 점점 더 강한 벽을 만들고 있었던 것이다. 그래서 그는 꼭 이 대결을 이겨야만 했다.

"대결은 아주 간단합니다. 저희가 고객데이터 분석을 통해, 현재 가장 불안한 심리를 가지고 있는 20대 후반의 남자 두 명을 선정했습니다. 그들의 상황은 좋은 학습프로그램을 이수하고, 다양한 조건의 스펙을 갖췄음에도 불구하고, 2년째 모든 취업 활동 및 사회 활동에서 어려움을 겪고 있고, 그로 인해 집에서 전혀 나오지 않고 있습니다. 우리는 인류 예측 프로그램을 통해 둘 중 한 남자의 삶을 분석해서 앞으로 6개월간의 미래를 예측할 것입니다. 그리고 단순히 예측하는 것뿐만 아니라, 네 가지 정도의 실현 가능한 미래를 제공함으로써 그가 직접 선택하여 그가 원하는 미래를 만들어갈 수 있도록 조언하고 서포트할 예정입니다. 선생님께서도 동일하게 한 명의 미래를 예측하고 조언을 통해서 그의 미래를 안내해주시면 됩니다. 평소에 하시던 것처럼 말입니다."

"재미있겠네."

"동의만 해주신다면 6개월의 모든 과정은 라이브 방송할 예정이고요. 두 명의 대상자 중에서 각자가 누구를 선택할지는 현장에서 랜덤으로 선발할 겁니다. 그리고 선생님께는 대상자가 정해지는 순간 그 남자의 사주 및 이름에 대한 자료를 모두 제공해드리겠습니다."

"좋아! 대신 조건이 있어."

드디어 프로그램이 시작하는 날이 되었다. 수호의 팀에서는 두 명의 남자를 설득해서 스튜디오로 나오게 했고, 회사에서는 두 명의 데이터를 모두 분석해놓았다. 무당과는 다르게 기본적인 데이터가 중요하기 때문에 수호의 본부에서는 누가 선정되어도 빠르게 프로젝트를 진행할 수 있도록 철저히 준비해놓은 것이다.

프로그램 시작 두 시간 전에 아이처럼 커다란 막대사탕을 먹으며 여자 무당이 도착했다. 무당은 잔뜩 긴장하고 있는 수호와는 다르게 호기심이 가득한 표정으로 스튜디오를 여기저기 구경하고 다녔다. 프로그램을 진행하는 직원은 무당의 행동을 통제하고 싶었지만, 수호는 그냥 두라고 했다. 그는 자신들이 대상자들의 데이터를 미리 분석해놓은 것처럼, 무당의 행동에도 아무런 제재를 하지 않는 것이 무당에게 꼭 필요한 조건일 수도 있다고 생각했기 때문이다.

"준비되셨나요?"

"어."

"드디어 펼쳐지는 인류 최고의 대결. 그 역사의 순간을 박수로 함께 열어보겠습니다."

AI MC의 멘트에 따라 프로그램은 시작되었다. 잠시 후, 수호의 회사에서 개발된 인류 예측 프로그램이 소개되었다. 5분 정도 이어지는 프로그램의 소개는 어떻게 인류의 정보들을 수집하고 분석하는지, 그리고 그렇게 분석된 자료들을 어떻게 해석해서 미래를 예측하고 관리하는지에 대한 설명들로 이어졌다. 잠시 후 여자 무당도 소개가 되었다. 하지만 상대적으로 여자의 소개는 할 것이 따로 없어서 30초도 다 쓰지 못하고 끝이 났다. 그리고 이어서 대결의 규칙이 안내가 된 후에 대상자들이 스튜디오로 걸어 나왔다. MC가 어두운 표정으로 스튜디오에 등장한 두 남자의 스펙을 소개하자, 그 두 남자의 표정은 뭔가 더 어두워지는 느낌이 들었다.

진행자의 진행에 따라 프로그램과 무당이 담당할 남자들이 선정되었다. 공정한 선정을 위해 현장에서 바로 만든 제비뽑기를 통해 각자의 대상자가 결정되었다. 수호의 회사는 남자2가 선정되었고, 무당은 남자1이 선정되었다. 수호의 회사는 남자2가 선정되자마자 모두가 분주하게 움직이기 시작했다. 미리 준비해두었던 네 가지 미래를 그에게 보여주었고, 하나하나 그에게 브리핑하기 시작했다. 그리고 그가 해야 할 노력에 대한 조언들도 준비한 자료에 가득 담겨 있었다. 남자2는 자신에게 제공된 네 가지 종류의 미래에 아주 만족해하는 것 같았지만, 회사가 제시한 조언들에는 조금 당황하는 모습도 보이기도 했다. 하지만 수호의 회사직원들은 그런 모습도 예측했다는 표정으로 그를 안심시키기 위해 자신들의 데이터 분석 능력과 미래 예측력에 대한 부분들로 남자2에게 강하게 어필하고 있었다.

그런데 그런 모습을 무당은 가만히 구경만 하고 있었다. 아마도 스튜디오에서 아주 빠르게 진행되는 이 상황이 꽤 재미있어 보이는 듯했다. 그런데 무당과 짝이 된 남자1은 자신이 선정되었음에도 자신에게는 관심도 두지 않는 이 상황이 당황스러워서 그대로 가만히 있었고, 무당은 분주해 보이는 남자2를 구경하고 있었다. 그렇게 한참을 구경하던 무당은 자신과 함께 남자2 쪽을 바라보고 있는 남자1을 가만히 바라보았다. 그리고 드디어 첫마디를 했다.

"왜? 부러워?"

"네? 아니요. 그런데 우린 뭐 안 해요?"

"왜?"

"그냥 뭐라도 해야 할 것 같아서요."

"왜?"

남자1은 계속되는 무당의 질문에 점점 당황하고 있었다.

"사람들이 보고 있잖아요."

"걱정하지 마. 나는 보여."

"뭐가요?"

"잘 풀릴 네 인생."

"예. 뭐라고요?"

"들었잖아. 뭘 또 물어. 너 잘될 거라고."

순간 남자1은 아무 말도 하지 못했다. 그저 가만히 그대로 있었다. 무당은 그런 남자1의 눈을 보고 다시 말했다.

"난 아직 네 이름도 사주도 몰라. 근데 확실해. 넌 잘될 거야."

남자1의 눈에서 눈물이 떨어지기 시작했다. 속눈썹에 맺혀 있던 눈물방울이 점점 더 굵어져 뚝뚝 떨어지기 시작한 것이다.

"왜 그런 줄 알아?"

남자1은 어깨를 들썩이며 무당을 쳐다봤다. 무당은 남자1의 얼굴을 빤히 보다 웃으며 말했다.

"나도 몰라. 그냥 네 옆에서 할머니가 그렇대. 네 머리를 요렇게 쓰다듬으면서 잘될 거다 잘될 거다 하시네."

순간 남자1은 어린아이처럼 큰 소리로 울기 시작했다. 남자2의 플랜을 보며 분주하던 스튜디오의 분위기는 한순간에 고요해졌다. 그 순간 스튜디오는 시간이 멈춘 듯했다. 아무도 말을 하지 못했고, 그 어떤 소리도 나지 않았다. 그 소리의 공백 속에서 수호는 문득 무당의 조건이 떠올랐다.

"누가 되든 아무런 정보도 주지 마. 난 그냥 근거 없는 믿음을 주고 싶으니까."

불안한 사람들은 확실한 미래를 알고 싶어 한다. 그게 과학의 힘이든 영적인 힘이든. 그런데 그 확실한 미래보다 저 중요한 것도 있는 것 같았다. 맹목적인 믿음 사람을 움직이는 것은 데이터도 솔루션도 아니었다. 그저 믿음. 나는 잘될 거라는 믿음. 그 믿음이 사람을 움직이게 만드는 것이었다.

대결은 이제 시작했다. 하지만 대결이 시작하자마자 모두 알게 되었다. 이 대결은 이미 끝났다는 사실을. 그리고 승자나 패자도 없다는 사실은. 이미 사람들은 이 대결을 통해 다시 찾은 것이 분명했다. 자신의 뒤에서 자신의 머리를 쓰다듬으며 잘될 거라고 믿어주는 존재들이 있다는 것을 말이다. 그러니 모두 다 잘될 거라는 사실도 말이다.

박희종　희곡으로 글쓰기를 시작했다. 연극을 공부한 뒤, 열세 편의 뮤지컬을 만들었다. 이후 다양한 회사에서 일을 했고 지금은 소설가도 겸하는 평범한 삶을 살고 있다. 장편소설 《감귤마켓 셜록》《더 비하인드》《#라이프_스포일러》《추리의 민족: 범인은 여기요》《타운하우스》 등을 출간했다.

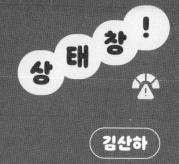

상태창!

김산하

나는 그 순간 불가해하게도 도와 호를 떠올렸다. 짐이 꽉 들어찼던 열 평 남짓의 좁은 자취방과 에어컨이 없었던 여름, 열이 스며든 맨살을 아무렇게나 드러낸 채로 널브러져 있었던 우리의 몸을. 위아래 벽면에는 옷이 빼곡하게 걸린 행거가 있었다. 행거가 없는 벽엔 책꽂이도 없이 쌓아둔 전공 책들이 있어서 매트를 깔고 셋이 누우면 방 안은 고수가 꿰맞춘 테트리스 블록처럼 빈틈이 조금도 남아 있질 않았다. 줄을 다 채워도 사라지지 않는 사물과 우리만이 남아 있었다.

도와 호와 나는 대체로 잘 어울렸지만, 알게 모르게 서로를 못마땅하게 여기는 심리가 있었다. 예컨대 호는 도와

나의 차림새에 자주 불만을 토로했다. 우리가 하고 다니는 꼴 때문에 자신까지도 좀 '후져 보인다'는 이유였다. 호는 실제로 태가 좋아 어떤 옷을 걸치든 잘 어울렸고 계절마다 바뀌는 트랜드를 능숙하게 따라다닐 줄 알았다. 우리가 술을 마시러 가는 곳 중엔 호가 아니면 들어가보지 못했을 곳이 많았으므로 도와 나는 호의 지적을 감내할 수밖에 없었다. 그러나 아무 말 없이 잠자코 듣고만 있었던 것은 아니고, 때때로 호의 간섭이 심해질 때면, 그러니까 행거에 걸린 옷을 들추면서 야 이거 누구 꺼냐, 좀 버려라, 하는 식으로 말할 때면 나는 호의 무식함과 교양 없음을 비난하곤 했다. 옷 사고 머리하는 데 쓰는 돈은 안 아깝고 책과 여가에 쓰는 돈은 아깝냐. 호는 수업 교재든 자격증 관련 서적이든 할 수 있는 한 빌려서 썼으며 영화나 연극은 무조건 공짜 표가 생길 때만 보러 갔다. 성적은 좋지 못했고 누굴 사귀든 오래 가지 못했다. 행거 말고 네 학점이나 관리해라. 그렇게 쏘아붙이면 호는 눈썹을 찌푸린 채로 입을 다물었다. 그 표정을 통해서 나는 성적을 들먹이는 게 호에게 가장 '데미지를 주는' 방식이라는 것을 알았고 호가 내 신경을 긁을 때면 신랄하게 그것에 관해 말하기를 주저하지 않았다.

문제는 이렇게 내가 호와 주고받는 핑퐁 매치에서 튄 유탄이 가만히 있던 도까지 같이 맞히고 상심하게 만든다는 것이었다. 도는 제법 성실하게 학업에 열중하는 편이었지만 성적은 호와 비교해서 별로 나을 게 없었다. 어떤 때는 열성을 다해서 과제를 제출했음에도 벼락치기를 한 호보다 점수가 낮게 나오는 일도 있었다. 도는 상심을 바로 티 내진 않았지만 분명히 마음에 담아두었다가 하루나 이틀 뒤 뜬금없는 일로 호와 나의 잘못을 지적했다. 야 방금 화장실에서 스프레이 뿌린 사람 누구야. 스탠드 불 좀 끄라고. 자는 사람 생각 안 해? 잔뜩 토라져 화를 발산하면 호와 나는 숨죽이고 도의 분노가 가라앉을 때까지 눈치를 보는 수밖에 없었다. 연민 때문이 아니라 도의 육체 때문이었다. 도는 야구 특기생으로 입학했다가 진로를 바꾼 학생 선수 출신이었다. 키도 체중도 일반 남성보다 한 단계 위였다. 나는 생존 감각이 뛰어난 사람이라 도가 극심한 분노에 이를 때면 방구석에서 엉거주춤한 자세로 잘못을 비는 일이 가능했다. 날뛰는 소나 말을 진정시키듯 두 손바닥을 다 보여주고, 미안. 미안해. 그래도 폭력은 좀 아니지.

곱씹으면 곱씹을수록 헛웃음만 나오는 이야기들.

이것들은 모두 9년 전의 일로 나는 사는 동안 이 시절을 의식적으로 회상하지는 않았다. 어쩌다 문득 떠오르면 약간의 부끄러움이 찾아오기도 했지만 그뿐이었다. 조금이라도 우위를 점하기 위해 서로 견주고 으스대었던 스무 살 언저리들의 다툼쯤이야. 그때는 어렸지. 그런 말로 넘기고 나면 금세 아무렇지 않을 수 있었다. 하지만 하필 왜 이 기억이었을까 그것이 의문스러웠다. 기이할 정도로 맑고 투명한 그것을 목격한 순간에 나는 왜 이 기억을 떠올렸을까.

1

사무실엔 고 부장뿐이었다. 텅 비어 있는 주차장을 보고 예상은 했지만 막상 35평 사무 공간에 둘이 덩그러니 놓이자 어색했다.

"다 도망가버렸어."

고 부장이 쓸쓸하게 미소를 지었다. 혹시나 다른 사람이 없나 파티션 사이사이를 둘러봤지만 정말 우리뿐이었다. 창밖에서는 끝없이 사이렌 소리가 울려 퍼졌다. 경찰차와 구급차와 사설 렉카가 가까운 도로까지 왔다가 멀어지고 다시 왔다가 멀어졌다. 도시 대기를 꽉 채우는 자동차 경적은 전날 저녁부터 시작되어 이제는 백색소음의 일부였다. 고 부장이 와서 좀 보라며 자신의 와이드 모니터를 가리켰다. 가서 보니 몇 개의 뉴스 채널이 동시에 송출되고 있었다. 방송국도 분위기가 어수선한지 자막으로 된 머리기사만 지루하게 반복되는 곳도 있었다. 난리다 난리야. 고 부장이 한숨을 쉬었다. 나를 올려다보며 물었다. 자네도 어제저녁 일곱 시였냐고.

70

"예. 일곱 시 십 분에."

마침 한 채널에서 아나운서의 또렷한 음성이 흘러나와 여러 겹의 노이즈를 돌파하고 선명하게 전달되었다. 우리는 그곳에서 집중 보도 중인 가로 80센티미터 세로 50센티미터, 얇고 평평한 유리창 형태를 지닌 정체불명의 홀로그램을 지켜보았다. 그것은 전일 아무런 조짐 없이 모든 사람의 얼굴 앞에 나타났다가 순식간에 사라졌다. 엄밀히 말하자면 완전히 사라지진 않았고, 은폐되어 있을 뿐 언제든 '상태창'이라는 명령어를 통해 다시 얼굴 앞에 띄울 수 있었다. 말 그대로, 상태창이었다. 그게 갑자기 생겨나 사람들의 머리 옆에 둥둥 떠다녔다.

"오 대리. 내가 딸이 하나 있어요. 이제 중2인데 정신 못 차려. 아침에 일단 학교에 가라고 하니까 나를 무슨 괴물 보듯 보는 거야. 세상이 이 지경인데 무슨 학교를 가냐고. 근데 아니다. 이럴 때일수록 가던 대로 가야 해. 맨날 새로운 세상 온다 떠들지만, 결국 인간들 안 변해. 굴러가던 대로 굴러가. 한 달만 지나고 봐. 내 말이 틀린가."

고 부장은 긴 훈시 끝에 꽁초를 쓰레기통에 넣고 다시 한 대를 피워 물었다. 옥상으로 올라오자 어수선한 시내 전경이 한눈에 들어왔다. 사람들이 출근하지 않은 것은 쉽게 동요해서가 아니라 불안하기 때문이 아니겠냐고, 혹 일어날지 모를 괴수 출현이나 이세계 관문 같은 이야기를 꺼내 볼까 하다가 관두었다. 아침 동안 도시를 점령했던 사이렌 소리는 비교적 잦아들어 있었다. 강을 건너려는 다리의 하행선은 여전히 혼잡했다. 문득 어젯밤 엄마에게서 걸려 왔던 전화가 떠올랐다. 괜찮은지 물었고 괜찮다고 답하는 게 전부였던. 아마 사람들은 가족에게 돌아가고 있을 것이었다. 나는 아니었다. 남은 사람이었다. 고 부장이 말한 것처럼 굴러가던 대로 굴러가는 인간이란 것인가. 어느새 고 부장은 허공에 자신의 상태창을 띄워 놓고 골똘히 들여다보는 중이었다.

창에는 그의 이름인 고 모(某)와 양력을 이용해 표기한 출생 연월일, 그리고 흔히 게임 속에서나 볼법한 '스탯'이라 부르는 몇 개의 능력치가 전부였다. 다소 단출한 정보였으나 누구도 보이는 그대로 단출하게 받아들이지는 않았다. 숫자 뒤에 퍼센티지가 붙는 바람에 그것들은 지구상에 존재하는 온 인류의 백분위로 추정되었다. 100%에 가까울수록 높고 0%에 가까울수록 낮은. 수직적이고 위계적인 속성을 띠고 있어 마주하는 내내 나의 위치랄까, 그리 부를 만한 것을 가늠하게 만드는 방식이었다. 일종의 성적표인 셈이었다. 저 아래엔 이 숫자들을 감당하지 못하고 도망 중인 사람이 몇 명쯤 있을 것만 같았다. 사실은 말이야. 교차로의 신호가 몇 번 바뀌고 난 다음에 고 부장이 말했다.

"가끔 이런 게 생겨났으면 할 때가 있긴 했어. 오 대리는 그런 거 없었나?"

나는 참을 수 없는 웃음을 터트리고, 맞다고 맞장구를 쳐주었다. 그런 황당한 생각을 자기 전에 자주 했다고 솔직히 밝혔다. 그치? 많을 거라니까. 고 부장은 상태창을 꺼버리고 몸을 돌려 난간에 기댄 채 배를 하늘 쪽으로 내보였다. 팽팽히 늘어나는 셔츠의 표면과 아슬아슬한 단춧구멍 사이의 실밥들이 41.59%의 건강을 가시적으로 보여줬다.

"나는…… 뭔가 성장하는 재미가 있을 거 같아서 그랬던 거 같아. 우상향이라 해야 하나."

고 부장은 무언가를 회상하듯 슬쩍 뜬 눈으로 반대쪽 전경을 응시했다. 가까이 여의도 한강 공원이 있었고 이제는 63스퀘어라는 이름으로 불리는 63빌딩이 강 건너 스카이라인에서 건재함을 뽐내고 있었다. 저 큰 건물도 텅 비었을 거라 생각하니 수족관 속 물고기들이 걱정되었다. 예전엔 저기 주변이 다 흙밭이고 풀밭이었는데, 자네는 모를 거라고. 회한에 잠겨 중얼거리는 소리가 들렸다.

담배를 다 태우고 사무실로 돌아왔을 땐 사무실의 전기가 나가 있었다. 엘리베이터만은 여전히 작동 중이었다. 중앙시설에서 배전을 제어한 모양이었다. 고 부장과 나는 당혹스럽게 사무실을 서성이다 함께 1층으로 내려가 시설관리실을 찾았다. 자리를 지키고 있던 경비원이 우릴 보고 흠

칫 놀라더니 임원으로부터 건물을 봉쇄하라는 지시가 떨어
졌다는 소식을 전했다.

2

소원이 이뤄진 것은 아닐까.

집에 돌아와 생각했다. 누군가 황당한 소원을 빌었고 모
종의 이유로 그게 이뤄진 것은 아닐까. 계시록에 예견된 종
말이라 떠드는 사람들도 있었지만 이것은 절대자의 방식이
라기엔 유치했다. 차라리 소원. 사람들이 잠들기 전에 하는
망상. 고 부장의 말처럼 나만 해도 있었으니까. 하루아침에
특별한 능력을 얻게 되고, 그 능력으로 굉장한 활약을 해
사람들에게 환호받는 그런……. 소재는 대개 그날 본 만화
나 영화였고 그럴 일은 없겠지만 사람들이 알게 된다면 민
망해질 상상이었다.

메신저 앱을 열어 내게 근황을 물어온 사람들의 문자를
하나하나 확인했다. 도의적으로 답장을 해줘야 하는 사람
들을 추려 일일이 답을 보내다가 문득 도와 호는 지금 무엇
을 하고 있을지 궁금해졌고 그들의 프로필을 찾았다. 호의
프로필에는 각지에서 찍은 여행 사진과 음식 사진, 레저 스
포츠를 즐긴 사진 등이 잔뜩 올라와 있었다. 반면 도는 말

끔한 증명사진 한 장과 생뚱맞게도 화훼 공판장의 번호를 올려둔 상태였다. 채팅방의 목록을 한참이나 뒤진 끝에 셋이 모여 있는 단체채팅방을 찾아내었다. 6년 전 OTT 계정을 공유할 사람을 찾는 호의 메시지를 마지막으로 대화가 끊겨 있었다. 현실계라면 이런 긴 시간의 방치는 반드시 먼지와 마모를 동반하겠지만 이 전자 상의 공간엔 먼지도 마모도 없었다. 6년이라는 시간의 틈새만 고스란히 적혀 있을 뿐이었다. 충동적으로 용기를 내 메시지를 적어 보냈다.

다들 지금 뭐 해.

오래지 않아 호에게서 먼저 답장이 왔다.

너는 뭐 하냐.

빨간색 마세라티 한 대가 요란한 배기음을 내며 빌라 주차장으로 미끄러져 들어왔다. 설마 아니겠지 했는데 설마 아니지가 않고 호가 운전석에서 내려 손을 흔들었다. 예상 못 한 모습에 아연함이 일었지만 내색하지는 않았다. 성공한 친구를 축하해주지 못하고 속 쓰게 받아들이는 모습이 얼마나 한심해 보이는지 잘 알고 있었다. 질투하지 말자고. 호에게도 호 나름대로 내가 모르는 인내와 노력이 있었을 거라고. 속으로 재바른 소리나 하며 걸어갔다.

하지만 씹을 것 없는 입안의 이가 점점 맞물리면서 여지없이 턱에 전해지는 치악력을 외면할 수는 없었다. 나는 내가 그런 종류의 사람이란 것도 잘 알고 있었다. 이를테면, 제가 편리한 순간에만 어른스러워지는 사람. 즐거움을 찾을 때는 어린아이처럼 순진무구하고 잔혹하다가도 초라하고 남루해질 때면 부처를 닮으려 애쓰는 사람. 그래서 진정으로 한심해지는 사람. 차체에 가려졌던 호의 모습이 언뜻 드러났다. 분홍색 셔츠와 흰색 반바지, 샌들 차림에 여전히 스프레이로 잘 고정한 머리를 하고 있었다. 야. 이게 어떻게 된 일이야. 나는 너무 호들갑스럽지 않으면서도 다정한 목소리로 인사했다. 호는 맥락 없이 저 혼자 웃음을 터트리더니 엄지로 뒤에 있는 마세라티를 가리켰다.

"저거? 내 꺼 아냐. 회사 차야."

나는 공원주차장에서 시들하고 열의 없어진 채로 호와 짧게 근황을 주고받았다. 호가 근처도 한 바퀴 돌 겸 같이 점심을 먹지 않겠냐고 제안을 해 우리는 용산 공원을 잠깐 드라이브하고 역 근처 상권으로 이동했다. 평소와 달리 문을 연 가게가 보이지 않았다. 30여 분을 헤맨 끝에 교차로 한 귀퉁이에서 문을 연 프랜차이즈 토스트집을 발견했고 어쩔 수 없이 그곳으로 향했다. 이걸로 괜찮겠어? 호가 주차를 하면서 근심스러운 얼굴로 머뭇거렸다. 얼굴 보는 게 중요하지 먹는 게 뭐가 중요해. 말은 그렇게 했지만 내심 이 만남이 너무 길어지지는 않았으면 싶었다.

호는 굳이 토스트를 포장해 가지고 나와 바깥에서 먹자

고 고집했고 가게 주인이 뉴스를 보느라 TV 볼륨을 지나치게 높이 틀어둔 탓에 나도 반대하지 않았다. 하지만 바깥으로 나오자 호가 왜 포장을 고집했는지 알 수 있었다. 호는 길가에 주차해둔 마세라티의 차체에 엉덩이를 기대고 서서 토스트를 뜯어 먹기 시작했다. 호의 키는 평균적인 정도에 속했지만 마세라티의 차체가 그리 높지 않아 얼추 그림이 나왔다. 어쩐지 차와 함께 자기 자신까지 도로에 전시하고 있다는 느낌을 지울 수 없었다. 몹시 자연스럽게 그 모든 일이 이뤄져 일종의 습관임을 알 수 있었다.

"무슨 회사길래 직원한테 마세라티를 줘?"

내가 묻자 호가 조수석의 수납함에서 팸플릿 하나를 꺼내 건네주었다. 'Young & Rich Experience Workshop'. 쓸데없이 영어가 많고 구체적으로 무슨 일을 하는지에 관한 설명은 없었다. 언뜻 보기에도 수상한 기운이 물씬 풍겨 순간적으로 호가 불순한 형태의 영업을 직업으로 삼게 되었고 오늘은 내가 그 대상이 된 것일지도 모른다는 불안한 생각이 머릿속을 스쳤다. 구체적으로 뭘 하는 곳인데? 최대한 적개심을 억누르고 다시 물었다. 이상한 소리가 나올 경우, 특히 '잘 안 알려진 스타트업인데' 같은 대사가 나오면 즉시 말을 끊고 돌아갈 요량으로 신경을 곤두세웠다.

"사기꾼들이 사기 치는 데야."

딱 보면 모르겠냐. 호가 토스트를 한 입 베어 물고 으이

구으이구 손가락질했다. 그런 대답은 뭐랄까. 방금 타고 온 마세라티처럼 굉장한 속도감을 지닌 급발진이라 대화의 흐름을 영 종잡을 수 없게 만드는 힘이 있었다. 나는 이러지도 저러지도 못하고 호가 토스트 먹는 모습만 지켜보았다. 호는 물끄러미 나를 바라보다 설명이 더 필요하다 느꼈는지 입을 열었다. 대단한 게 아니고 그저 강의와 집 구경을 합친 일종의 체험회라고. 젊은 나이에 성공한 부자의 성공 스토리를 듣고 덤으로 인스타에 올릴 사진 몇 장 건져가는 게 목적인. 고작 그런 구성에 가격이 무려 7만 원인데 매번 예약이 가득 찬다고도 덧붙였다. 거기까지 듣고서 너도 성공한 영앤리치인 척 강의하냐고 묻자 호는 무슨 소리냐는 듯 자신은 그런 걸 하지 않는다고 불쾌감을 드러냈다. 이곳에 오는 멘토들은 전부 진짜 영앤리치들이라면서.

"그럼 사기가 아닌 거 아냐?"

주위에 듣는 사람도 없는데 호는 굳이 몸을 숙여 속삭였다.

"얘네들. 사실 자수성가한 거 아니야. 다 부모 돈으로 사업하면서 아닌 체하는 거야."

헤어질 때 호는 기꺼이 나를 다시 집까지 데려다주었다. 가는 길에 차 안에선 갑작스럽게 '던전앤드래곤즈'에 대해 알고 있냐고 내게 물었다. 난데없이 왜 보드게임 이야기를

하는지 이해 못 하는 내게 호는 작금의 사태가 던전앤드래
곤즈와 긴밀한 관계가 있다는 놀라운 사실을 알려주었다.
미국의 한 게임사가 1970년대에 출시한 그 보드게임 시리
즈는 게임 역사상 최초로 '스탯 시스템'을 도입한 게임이고,
거기서 고안된 최초의 능력치 여섯 개가 지금 상태창에 나
타난 능력치와 정확히 동일하다는 것이었다. 휴대전화로
검색해보니 과연 그 말대로 던전앤드래곤즈와 이 사태를
연관 짓는 수천 개의 글이 쏟아졌다. 이럴 때일수록 빠르게
변화에 적응하는 사람이 돼야 해. 호는 갑자기 성공담을 강
연하는 강사처럼 비장한 음색으로 말했다.

"생각을 해봐라. 세상에 상태창이 왜 생겼겠냐. 만화나
소설 속에도 갑자기 상태창이 등장하잖아. 그 상태창의 본
질이란 게 뭐야."

나는 상태창의 본질이라는 거창한 사색을 해본 적이 없
었다. 하지만 호가 굉장히 뜨거운 시선으로 나를 보고 있는
통에 일단은 떠오르는 대로 성장이라고 답했다. 호는 내 답
이 심히 마음에 들지 않았는지 언짢은 표정을 짓고 짜증을
냈다. 야 그거는, 아니지. 너무 아니지.

"그거야말로 일종의 프로파간다지. 기득권이 만든 함정.
제도에 순응한 채 그냥 노력하란 말이랑 뭐가 달라."

나는 이야기가 그렇게까지 가나 싶어 황망하게 기분이
상했다. 그럼 네가 생각하는 상태창의 본질은 무엇이냐고

되묻자 호는 한 번 뜸을 들이고는 '혁명'이라고 답했다.

"내가 상대하는 영앤리치들 있잖아. 강의료 걔들한테 푼돈이야. 근데 왜 와서 강의하는지 아냐? 내가 보면서 느끼는데. 걔들 재밌어. 재밌어서 하는 거야. 뭐라도 된 척. 남 앞에서 설교질 하는 게. 나는 정당하게 잘 되었고. 너희들은 아니고. 부러워하고 샘내는 거 보려고. 근데 걔들 지금 어떻게 됐는지 아냐? 싹 다 잠수탔어. 전화도 안 받아. 이제 창만 보면 숫자가 다 까발려지잖아. 사기 치던 시절 끝난 거지."

호가 손으로 목을 긋는 시늉을 해 보였다. 상태창의 숫자를 잣대로 인간을 재단하는 사회가 온다면 어쩐지 으스스할 것 같았지만 한편으로는 호가 말한 것처럼 소위 있는 집 출신들, 내가 다니는 회사만 해도 있는 오너의 혈족들이 떠올랐고 그들의 숫자가 몹시 궁금해졌다.

3

도에게서 문자가 온 것은 오후 네 시를 넘긴 시각이었다.

미안. 일하느라 늦게 봤네. 나는 도가 쑥스러워 오랫동안 고민을 하다 답장을 보냈으리라고 짐작했다. 아무리 고 부장처럼 관성적인 인간이라도 이런 난리 통에 몇 시간 넘게 핸드폰을 들여다보지 않았다는 것은 믿기가 어려웠다. 구체적인 위치를 묻는 말에 도는 잠실구장에 있다고 답했다. 이미 진 빠지는 하루를 보낸 참이었고 아침에 회사 옥상에서 본 한강대교의 하행선이 떠올라 처음에는 그곳까지 가지 않을 생각이었다. 하지만 몇 차례 더 문자를 주고받는 동안 마음이 뭉근해졌다. 이 녀석은 그래도 호랑 다르게 허세는 없었지, 같은 생각이 스멀스멀 올라왔다. 도는 문자를 받는 즉시 재깍재깍 답장을 해왔다. 지금 뭐 해. 일하는 중. 무슨 일? 그라운드를 정비해. 애도 오늘 정상 근무를 하는구나. 확실히 예전부터 도는 우직한 성격이었으니까. 그런 도에 관해서라면 지워지지 않는 기억도 하나 있었다.

우리의 자취방은 학교 근처 쪽방촌에 있는 낡은 원룸이었다. 그렇게 말하고 싶진 않지만 낙후된 분위기의 동네에 살아서 겪게 되는 불쾌한 일이 있었다. 길거리를 걷다가 학원 출하원용 봉고차가 옆으로 지나가면 꽤 높은 확률로 뒷좌석 창문이 열리면서 초등학생들이 야 이 병신 새끼들아 아아아아, 소리치는 장난을 쳤다. 가운뎃손가락을 들어 올린 채로. 짓궂은 장난쯤으로 취급하기엔 영락없이 불쾌했다. 당한 날이면 기분이 내내 좋지 않았다.

도와 함께 집으로 귀가하던 어느 날에도 그런 일이 한 번 있었다. 노란 봉고차가 지나가면서 또 야 이 장애 새끼들아아아, 욕을 뿌리고 지나갔다. 아 이 거지 동네. 못 배워

먹은 애새끼들. 너무 질리지 않냐고 짜증이 솟구쳐 뒤따라
오던 도에게 말했다. 돌아보니 도는 신발 끈을 고쳐 매고
있었다. 뭘 하냐고 물을 새도 없이 도가 일어서 달리기 시
작했다. 봉고차를 쫓았다. 왜 달리냐고 물어도 돌아오는 답
은 없고 어안이 벙벙해져 따라서 뛰었다. 차를 어떻게 따라
가나 싶었는데 도는 집념 있게 달려가 결국 500미터 앞 아
파트 정문 신호등에서 그 봉고차를 따라잡았다. 나는 숨을
헐떡이며 뒤늦게 합류했다. 도가 봉고차 안에 몸을 들이밀
고 주동자들을 부르고 있었다. 친구야. 너 아니냐. 너지. 일
어나. 그 옆에 너도. 같이 했잖아. 빨리 사과해. 기사님 기
다린다. 나는 숨이 차올라 설교고 뭐고 못 하고 그냥 넙죽
사과만 받았다. 도는 조금도 부치는 기색이 없었다. 개운한
얼굴로 웃고 있다가 출발하는 차를 향해 손까지 흔들어주
었다.

"알고 보면 착한 애들이야."

그때는 어렸지, 하며 털어낼 수 없는 기억이 있다면 가
령 이런 것이었다. 동갑인 도에 비해 나는 왜 그렇게 어른
스럽지 못했는지. 화가 솟구친 순간 왜 그 동네의 소득수준
과 교육수준을 들먹였는지. 몇 가지 변명거리를 떠올릴 수
는 있었다. 그때 도의 어른스러움은 아무래도 도의 육체,
빠른 달음 솜씨와 아이들은 물론 운전기사마저 압도할 만
큼의 덩치가 있기에 가능했던 것이고 나도 그런 몸이 있었

다면 똑같이 행동했을 거라고. 하지만 그렇게 생각하기 시작하면 어른스러움이란 결국 여유에서 나오는 셈이고 물질적 여유든 육체적 여유든 그게 없는 인간이란 어른스럽지 못하게 되는 일인데. 애들 장난에 맘 상하는 어른. 그것은 돈도 없고 뭣도 없는 인간이란 뜻일까.

잠실구장의 중앙문은 잠겨 있을 뿐 아니라 PE 펜스 가로막이가 살벌하게 쳐져 있어 가까이 갈 엄두조차 나지 않았다. 도에게 언질 받은 대로 3루 외야석 쪽으로 돌아 1-2번 입구를 통해 안으로 들어갔다. 이용객은 당연히 한 명도 없었다. 시간이 멈춰선 듯한 기이한 적막이었다. 소란스럽고 꽉 차던 공간 어디에도 인기척이 느껴지지 않았다. 어쩐지 으스스한 분위기였다. 언젠가 그런 증상에 관한 글을 읽은 적이 있었다. 평소 인파가 붐비는 공간에 홀로 남겨지는 경우 인간이 겪는 불안과 공포감이 있다고. 나는 두려운 상상을 하게 만드는 탓이라고 생각했다. 예컨대 아무도 없는 이차원 세계에 홀로 떨어진 것일지도 모른다든가 하는. 황당한 상상이었지만 상태창이 있는데 이차원이라고 없을 게 뭐냐 싶었고 거기까지 망상하고 나니 정말 두려웠다. 발걸음을 서둘러 관중석을 향해 올라갔다. 지상으로 올라오자 볕이 쏟아졌다. 압도적인 필드의 녹색이 눈에 들어왔다. 마운드 한가운데서 누가 혼자 그라운드를 정비하고 있었다.

도의 이름을 크게 불렀다. 멀리서 도가 나를 보고 반갑게 손을 흔들어주었다.

가까이서 본 도는 땀에 한가득 젖어 있었다. 마운드와 베이스의 흙을 다듬고 방수포를 덮어주는 작업을 진행 중이었다. 등판에 허옇게 인 소금기가 보였다. 목덜미와 볕에 노출된 팔 부근은 붉었다. 마운드 위로 올라가려 하자 도가 애써 웃으면서 오지 말라고, 흙을 밟으면 안 된다고 나를 멈춰 세웠다. 그러고는 직접 내려와 내게 인사했다. 오랜만이네. 땀 냄새가 후덥지근한 공기를 타고 코를 훅 찔렀다. 웃느라 벌어진 입 가운데 앞니 끝이 살짝 깨져 있었다.

"그늘로 좀 가자."

도가 손으로 내 등을 툭 쳤다. 축축한 습기가 도장처럼 등에 남아 감돌았다. 우리는 원정팀의 더그아웃 벤치에 나란히 앉았다. 도의 얼굴에 부쩍 늘어난 주름과 설핏 본 앞니가 신경 쓰였다. 어색한 공기가 우리 사이에 감돌았으나 도는 개의치 않고 이온 음료를 마시며 멀리 1루 베이스를 쳐다봤다. 나는 한참이나 말을 고른 끝에 겨우 한마디를 꺼냈다.

"이런 데서 일하면 연봉 꽤 받겠다."

"나 여기 직원 아니야."

도는 너털웃음을 짓고 아침에 급히 연락을 받아 온 거라고 덧붙였다.

"예전에 잠깐 알바로 일했었거든."

도는 대학 졸업 후 이런저런 계약직을 전전하며 안정적인 직장을 알아보다 현재는 아는 형과 함께 화훼 공판장에서 일하고 있다고 말했다. 오늘도 양재에 갔어야 했는데 사장 형이 갑자기 고향으로 내려가는 바람에 이곳으로 출근하게 되었다고. 급하게 부른 만큼 담당자가 돈은 많이 불렀겠거니 했는데 도는 그것도 아니라고 했다. 최저시급이나 다름없는 일당을 받고 이 일을 하고 있었다.

"걔는 좀 어디가 짠하지 않냐?"

호가 도를 두고 이렇게 말한 적이 있었다. 우리 둘 다 사소한 일로 도와 다투고 거리가 조금 멀어졌던 시기였다. 걔가 뭐 어때서. 괜히 뒷말을 나누는 기분이라 호응하지 않고 나무랐다. 호는 개의치 않고 계속 말을 이었다. 얘가 하는 짓이, 좀 그래. 맨날 공부하는데도 성적이 그게 말이 되냐. 가만 보면 머리에 든 게 하나도 없어. 아니 진지하게 문제 있다니까.

나는 정말 그런가 생각했다. 초중고 교육 과정을 이수하는 내내 운동을 병행하느라 도는 학업 기초가 다른 동급생에 비해 부실한 게 사실이었다. 하지만 그 부분은 차치하고서도 도에게는 의심스러운 군데가 있었다. 대화의 초점을 잘 맞추지 못했고 복잡한 인과가 포함된 이야기를 접하면

앞뒤 맥락을 짜 맞추는 데에 늘 어려움을 겪었다. 특히 크리스토퍼 놀란의 영화를 몹시 어려워했다. 함께 놀란의 영화를 감상하면 혼자서 자꾸 딴소리를 하는 바람에 같이 본 인원들이 도에게 줄거리를 다시 설명해줘야만 했다. 나는 도에 관한 누군가의 물음에 가급적 악감정을 배제하고 네 말에 일리가 있다고, 그냥 관찰된 사실만을 논하자면 경계선 지능이 의심된다고 답해주었다.

그뿐이었는데 그날 이후로 과에서 '경계선'이란 말이 유행어처럼 번지기 시작했다. 누군가 바보 같은 실수를 하거나 답답한 언행을 보이면 "너도 경계선이냐?"라고 묻는 게 학과생들의 놀이가 되었다. 시간이 지나면서 우리 셋은 다시 화해했지만 경계선이란 유행어는 사라지지 않았고 나는 그 말을 들을 때마다 조바심이 났다. 혹시 도가 무언가를 눈치채진 않았을까.

도는 여전히 마운드에서 넉가래를 이용해 흙을 고르게 펴고 있었다. 작업을 다 끝마치고서야 내려올 기세였다. 담장 너머로 노을이 가라앉기 시작했다. 조명등엔 불이 들어오지 않았다. 희붐하게 꺼져가는 저녁과 밤 사이의 청색 빛에 기대어 도는 마무리 작업에 들어갔다. 보여달라고 말해도 괜찮을까, 상태창을. 어쩌면 도의 주위엔 도의 순박함과 어리숙함을 이용해 노동력을 갈취하려는 사람만 있을지도 모르니까. 나는 이런 경우 말하지 않고 지나가는 편이 후회를 남기지 않는다는 것을 알았지만 마음이 쉽게 정리되질 않았다. 진심으로 도를 아낀다면 말해야 한다는 생각으로 온몸에 발진이 돋듯 고뇌가 돋아났다. 사실을 직시해야. 왜 인지는 알 수 없으나 그 말이 계속 머릿속을 맴돌았다. 사실을. 직시.

　마음이 심란해 휴대전화를 꺼냈다. 포털 사이트에 들어가 아무 글이나 읽으며 시간을 때우려 했는데 때마침 눈에 띄는 기사가 있었다. '치트를 빌미로 한 피싱 사기에 주의.' 제목을 눌러 기사의 전문을 확인했다. 특수한 능력을 부여해준다는 거짓말로 피해자를 꾀어 돈을 가로채는 범죄자 일당에 관한 기사였다. 중간엔 실제 피싱 사기에 쓰인 문자 내용이 첨부되어 있었다.

※필독※
상태창 숨겨진 능력치 각성법
　축하드립니다. 당신은 지금 일생에 단 한 번뿐인 기회를 마주하셨습니다. 상태창에는 특수한 치트가 존재합니다. 매우 복잡한 명령어지만 상태창이 생겨난 이래로 어떤 사람이 이 단어를 우연히 발음했고 첫 번째 히든 능력치 각성자가 생겨났습니다. 저희는 당신을 오랫동안 지켜봐 왔고 이번 기회에 특별히 기회를 드리려 합니다. 물론 우리의 일원이 되기 위해선 성의를 보여주셔야 합니다. 아래 첨부된 가상 화폐 지갑으로 여기 있는 코인 중 하나를……

믿을 수 없을 만큼 유치한 데다 비문투성이라 이런 사기를 치는 사람이나 당하는 사람이나 어떤 망상에 빠져 살고 있는지 훤히 짐작되는 글이었다. 댓글창을 열자 사기에 당한 피해자들이 남긴 증언 몇 개가 베스트 댓글로 상단에 고정되어 있었다. 그중에는 천만 원에 가까운 피해를 봤다는 사람까지 있었다. 대부분 안타까운 마음을 표했지만 으레 그렇듯 이런 유형의 피해자를 조롱하는 사람도 와서 대댓글을 남겼고 댓글창은 이미 한바탕 난리가 벌어진 뒤였다. 보통 이런 장황한 언쟁은 무시하는 편이었지만 원 댓글을 남긴 이용자가 펼친 특이한 논리 때문에 기록을 드문드문 읽어보게 되었다.

— 진짜 한심하다 한심해. 인생을 날로 먹으려 하니까 벌을 받지. 요즘 양심 없는 인간들 너무 많아.

— 나도 내가 한심한 거 잘 아는데 인생 쉽게 살려는 게 왜 나쁜 짓이냐. 그럼 로또도 나쁜 짓이냐?

— 이게 로또랑 같음? 진심 아이큐 몇 자리인지 궁금하네.

— 그래. 나 아이큐도 낮다. 그니까 세상이 애초부터 불공평한 게임이란 거 아냐. 천재고 미남미녀고 다 유전자에서부터 결정되는 거잖아. 근데 치트 찾는 게 왜 나쁘냐. 엄마 배 속에서 타고 나오면 안 나쁜 거고 나중에 얻으면 나쁜 거냐.

어?

반박을 해봐. 입 처닫지 말고.

논리적으로 과학적으로 한번 반박을 해보라고.

4

땀을 모두 씻어낸 도의 몸에선 은은한 비누 향이 났다. 찬물로 씻었는지 어깨가 가까워질 때마다 서늘한 기운이 계속 살갗에 닿았다. 우리는 종합운동장역을 통해 대로를 건너고 아시아 공원을 가로질러 계속 걸었다. 도가 안내하는 길이었다. 다시 맞은편에 은행을 둔 건널목이 나왔고 거길 지나자 올림픽로와 백제고분로, 석촌호수로가 모두 만나는 낡은 번화가로 들어가게 되었다. 길은 새마을전통시장까지 이어졌다. 다른 번화가와 달리 정상 영업하는 가게가 많았다.

도는 예전에 자주 들렸던 칼국수 집을 찾아 이곳에 왔고 나는 솔직히 이런 곳을 좋아하지 않았다. 전통시장이라 부르지만 엄밀히 아케이드형 시장은 전통이 아니라고 생각했다. 전통시장을 방문한 외국인 관광객들이 자주 실망하고 떠난다는 이야기를 들은 뒤로는 특히 더 그랬다. 내 또래의 지인 중에도 전통시장을 즐겨 찾는 이들은 거의 없었다. 전통시장의 상인들은 원산지와 중량을 속이고 유통기한이나 위생 상태가 의심스러운 상품을 판다고 기피했다. 신뢰할 수 없는 곳. 잘못 먹고 탈이라도 나면 어떻게 증명할 것이며 무엇으로 배상받을 수 있나. 돈도 얼마 없는 사람들한테. 가난해. 가난하고 무지해. 거기가 좀 그래.

"여기야."

도가 미닫이문을 열고 들어갔다. 좁다란 방에 입식으로 된 식탁 두 개와 물병을 넣는 음료 냉장고가 전부인 식당이었다. 방 한쪽 끝에 천장 절반 높이로 쌓은 가벽을 세워 부엌을 분리해둔 구조였다. 안에서 허리를 다 펴지 못할 만큼 나이 든 할머니가 나와 도를 반겼다. 달력 이면지 뒤에 반듯한 붓글씨로 쓴 간단한 차림표가 벽에 붙어 있었고 바닥에는 풀기가 있어서 발을 뗄 때마다 밑창 떨어지는 소리가 소곤소곤 들렸다. 도는 칼국수 두 그릇을 주문했다. 할머니는 손을 조금 떨었지만 의외의 완력을 발휘해 솥에 한가득 물을 붓고 주방 라이터로 불을 지펴 조리를 시작했다.

칼국수는 다시마 육수에 감자와 바지락을 넣고 미원으로 간 맞춘 것에 불과했지만 그뿐임에도 놀랍도록 감칠맛이 났다. 감자는 부드럽고 국물은 따스해서 배가 데워지는 사이에 머리 위도 점점 아늑해져 이참에 경계선, 이라는 말을 꺼낼까 하다가 조금 부드럽게 대화를 시작했다.

"너는 아무렇지 않냐."

지금 이 사태가. 상태창에 나타나는 잔인한 숫자들이. 도가 한 젓가락 크게 칼국수를 씹어 넘기고 금세 담담하게 받아들일 수 있었다고 답했다. 자신은 이미 그게 존재하는 세상에서 한 번 살아봤다고.

"너 스탯이 통계란 뜻인 거 알아?"

도가 휴대전화를 꺼내서 '스탯티즈'라는 이름의 야구 통계 사이트를 보여줬다. 타자의 타율, 투수의 방어율 등을 계산해서 갱신해두는 사이트였다. 야구 선수들은 다 각자의 스탯이 있어. 나도 있었어. 도의 선수 시절에 관해서라면 나도 약간은 아는 바가 있었다. 도는 1학년 1학기까진 WAR 지표가 양수였으나 그 뒤부터는 쭉 음수였고 끝내 양수로 전환하지 못했다. 그것은 야구에서 가장 널리 쓰이는 지표로 일종의 승리 기여도를 계산한 자료였다. 지표가 높을수록 우수한 선수라는 뜻이지만, 성적이 저조한 선수라면 숫자가 낮다 못해 마이너스까지 내려갔다. 타자가 투수의 공을 치면 타자의 WAR은 오르고 투수의 WAR은 내려간다. 반대로 치지 못하면 투수의 것이 오르고 타자는 내려간다. 모두 도가 직접 들려준 이야기였다.

"예방접종 같은 거네."

"그렇지."

"그래도 그거랑 이거랑 같나."

"같아. 하나도 안 다르고 똑같아."

도의 표정이 사뭇 진지해서 더 물고 늘어지지는 못하고 얌전히 국수만 비웠다. 나올 때 밥값은 도가 냈다. 내가 먹은 몫을 내겠다고 해도 한사코 거절하는 통에 그러지 못했다. 영 마음에 걸리면 대신 커피를 사라고 제안했고 가까운 곳에 카페가 하나 있다며 길을 안내했다. 나는 가는 내내 이런 곳에도 카페가 있을까 싶으며 따라갔는데 정말 에스프레소 머신까지 구비해놓은 작은 카페가 있었다. 쪽창을 사이에 두고 장사를 해 안에는 들어갈 수 없었지만 직접 원두를 볶는지 그슬린 콩 냄새가 사방에 동심원 형태로 진동했다. 또 그 냄새가 방앗간을 지날 때 나는 고소한 내음과 크게 다르지 않아 결국은 다 곡물이구나, 새삼 환기하게 되고.

왔던 길을 거슬러 다시 아시아 공원으로 돌아왔을 때, 우리는 어둠이 지극해 잠시 발을 멈췄다. 불이 켜진 가로등이 하나도 없었다. 새카만 그림자로 그려놓은 나무와 나뭇가지와 나무 이파리와, 전위적인 조형물과 그 주변을 뒤덮은 풀잎과 생물인지 아닌지 모를 날아다니는 작은 점들이 눈이 인식할 수 있는 모든 범위였다. 야 살인마 나오겠다. 나오면 네가 싸워라. 나는 뒤에서 신고할게. 실없는 농담을 주고받으며 우리는 공원 안으로 들어갔다. 때마침 밤바람이 불어 사방에 수풀이 서로 부딪치는 소리를 냈다. 하지만 너무 어두워 모든 사물은 검게 엉겨 붙은 불꽃 같았고 원근감은 조금도 느껴지질 않았다. 점선면의 공간. 이차원의 세계. 도를 만난 직후부터 자꾸 별세계에 떨어진 기분이었다.

"도준아."

"응."

이제는 도의 얼굴도 한 덩이의 검정에 불과해 주름이나 깨진 앞니는 보이지 않았다. 오직 목소리를 내는 윤곽뿐이었다.

"너는 네 스탯이 마음에 드냐?"

도는 잠시 멈칫했으나 곧 아무렇지 않게 걸었다. 그리고 나긋한 목소리로 자신은 솔직하게 그것을 본 기억을 잊었고 두 번 다시 확인하지 않을 셈이라고 대답했다. 이걸 좋아하는 사람은 이걸 가져본 적이 없는 사람일 거야.

"나도 예전엔 이걸 좋아했던 때가 있었어. 언제였냐면 중고생 때. 스탯이 좋았을 때. 주위에 있는 애들이 다 내 밑이라는 걸 알 수 있었거든. 다 닥치게 만들 수 있었거든. 스탯은 그러려고 만든 거야. 줄 세우려고. 근데 지표가 떨어지고 나니까 그게 너무 무섭더라. 보고 싶지 않게 되고, 우연히 볼 일이 생기면 눈을 돌리게 되고. 누가 생각 없이 내 스탯을 말하면 반쯤 죽이고 싶고. 그래서 알았어. 내가 나를 알게 되었어. 나는 그냥 남들 위에 서는 걸 좋아했던 거야. 야구가 아니고 그런 걸 좋아하는 인간이었던 거야."

어디선가 풀벌레 우는 소리가 찌르르하게 도의 음성 사이에 끼어들었다. 물큰한 물비린내가 나 호수가 바로 옆에 있음을 알 수 있었지만 고개를 돌려보면 거기엔 우주의 단면 같은 검은 수평뿐이었다. 나는 이제 그걸 다 잊고 살 거야. 도가 말했다.

"아무도 음수로 만들지 않고."

출구가 가까웠다. 대로변엔 상가 조명의 밝은 빛이 발하고 덩굴식물 터널이 통로처럼 바깥을 향해 나 있었다. 터널은 일정한 간격을 두고 연속적으로 반원 고리 형태의 아치를 나열한 것이라 그 아래를 비춘 불빛이 줄무늬였다. 한 겹의 고리를 통과할 때마다 이 검은 세계에서 멀어질 것이었다. 완전히 벗어나기 전에 사과하고 싶었다. 경계선……이란 말에 대해. 그러나 도무지 입술이 떨어지지 않았고 다만 그걸 하고 싶어 안간힘을 쓰는 와중에 도가 불쑥 사선 방향을 향해 손가락을 가리켰다. 저기 봐라. 빌딩 틈새로 잠실대교의 상행선을 통과하는 차량의 행렬이 보였다.

도시를 떠났던 이들이 돌아오는 중이었다.

김산하 소설가.

하늘색

바다색

그리고
청록색

남세오

서지안 씨는 2008년 3월 인천의 한 산부인과에서 두 개
의 X 염색체 중 하나에 독특한 변이를 지닌 채 태어났다.
변이는 시각을 담당하는 원추세포와 관련된 포톱신이라는
단백질, 그중에서도 인간이 볼 수 있는 세 가지 색 중 녹색
과 연관된 단백질에서 나타났다. 여기에 문제가 생기면 보
통 색맹이 되는데 서지안 씨의 경우에는 색을 보지 못하는
것이 아니라 다른 파장의 색을 보는 쪽으로 변이가 일어났
다. 게다가 서지안 씨는 변이가 일어나지 않은 유전자도 남
아 있었기에 보통 사람은 세 가지만 있는 원추세포를 네 가
지나 지니게 되었다.
　　원추세포가 네 가지인 것만으로 더 많은 색을 볼 수는

없다. 네 가지의 원추세포를 모두 활용하여 시각 정보를 처리할 수 있도록 뇌가 발달해야 한다. 서지안 씨는 자신이 하늘과 맞닿은 바다를 보며 자랐기 때문에 그런 능력을 갖추었다고 말하곤 했다. 많은 사람의 오해와 달리 대부분의 인천 사람은 바다를 볼 수 없는 곳에 살고 있지만 다리로 연결된 섬에 살았던 지안 씨는 매일 바다를 보았다. 그러면서 사람들이 푸른 하늘과 푸른 바다가 경계를 잃을 정도로 섞여 있다고 말하는 게 의아했다고 한다. 지안 씨의 눈에는 하늘과 바다가 노랑과 빨강처럼 전혀 다른 색이었기 때문이다.

서지안 씨는 자신이 볼 수 있는 색에 이름을 붙인 사람으로 유명하다. 네 가지 원추세포를 지닌 사색자(tetrachromat)는 이전에도 있었지만 지안 씨처럼 완전히 다른 종류의 원추세포로 완전히 다른 색을 보면서 그 색에 체계적인 이름을 붙인 사람은 없었다. 지안 씨가 붙인 이름 덕분에 전 세계에 숨어 있었던 잠재적인 사색자들이 자신의 능력을 깨달을 수 있었다. 그리고 그들은 인류가 분에 넘치는 욕심으로 자멸해가는 절망적인 세상에서 한 줄기 희망이 되었다. 사색자들은 단지 더 많은 색을 본 게 아니라 인간의 편협한 시각으로 자연에 엄연히 존재하는 색을 지우는 폭력의 부당함을 보았다.

각 원추세포는 잘 볼 수 있는 빛의 파장이 서로 다르다.

R 원추세포는 빨강(red), G는 녹색(green), B는 파랑(blue)에 민감하게 반응한다. 우리가 인식하는 색은 모두 이 세 가지 색의 조합으로 만들어진다. 그런데 사실 빛의 스펙트럼상에서 B 원추세포가 보는 파장은 멀리 떨어져 있는 반면에 R 원추세포와 G 원추세포가 보는 파장은 가깝게 붙어 있다. 이는 원래 하나였던 원추세포의 유전자가 X 염색체상에서 R과 G 두 가지로 분화되었기 때문이다. 이러한 변이는 수천만 년 전 영장류에서 일어났다. 영장류를 제외한 포유류는 여전히 원추세포가 두 가지밖에 없어서 빨강과 녹색을 구분하지 못한다.

서지안 씨에게는 G 원추세포에서 변이되어 녹색과 파랑의 중간 파장에 민감하게 반응하는 네 번째 원추세포가 있다. 녹색과 파랑이 절반씩 섞인 이 색을 영어로는 시안(cyan)이라고 하는데 우리말로는 적절한 번역어가 없다. 청록색 혹은 옥색이라고도 하지만 실제로 보면 시안은 청록색과는 매우 다르다고 느껴지며 오히려 하늘색에 가까워 보인다. 그런데 지안 씨는 청록색이라는 말이 정확한 표현이라고 주장한다.

"청색과 녹색이 섞인 색이잖아요. 실제로 RGB로 만들어진 시안색의 명도를 낮추면 청록색으로 보여요. 하늘색과는 전혀 달라요. 하늘색은 C값이 제일 높은 색이니까요."

우리가 보는 모든 색은 RGB의 조합이다. 하지만 지안 씨가 보는 색은 RGCB의 조합이다. C, 그러니까 시안색이 있는지 없는지에 따라 전혀 다른 색으로 보인다. C에 해당하는 파장은 G와 B의 중간에 있다. 그래서 우리에게는 C에 해당하는 파장이 제일 많은 빛과 G와 B가 반반씩 섞인 빛이 모두 똑같은 시안색으로 보이지만 지안 씨에게는 C와 GB, 그리고 GCB가 확연히 구분되는 다른 색으로 보인다. 이 셋을 지안 씨는 하늘색, 청록색, 바다색으로 구분한다. 지안 씨는 하늘과 바다를 전혀 다른 색으로 본다.

"하늘이 파란 이유와 바다가 파란 이유는 달라요. 하늘이 파란 이유는 시안색이 가장 많이 산란되기 때문이죠. 그래서 하늘은 하늘색(C)이에요. 바다가 파란 이유는 바다에서 빨강이 가장 많이 흡수되기 때문이에요. 바다색에는 파랑과 시안과 녹색이 전부 있죠. 그래서 바다는 바다색(GCB)이고요."

우리는 RGB의 조합에 따라 수많은 색을 구분하는데 그중에서도 각 성분의 차이가 명확한 색을 선명하다고 느낀다. R 성분만 있고 G와 B 성분은 전혀 없을 때 그 색을 선명한 빨강이라고 보는 것이다. 세 가지 원소의 조합이므로 인간에게 선명한 색은 크게 여덟 개다. 빨강(R), 녹색(G), 파랑(B)의 세 가지 순색과 각각이 조합된 노랑(RG), 시안(GB), 마젠타(RB)에 하양(RGB)과 검정(X)을 더하면 여덟 가지 색이 된다. 같은 원리로 지안 씨는 세상을 네 가지 원소가 조합된 열여섯 가지의 원색으로 본다. 그리고 추가된 여덟 개의 원색에 새로운 이름을 붙였다.

앞서 말했듯 하늘색(C)과 바다색(GCB)은 우리에게는 시안색으로 보인다. 지안 씨는 이 시안색을 청록색(GB)이라고 부르고 싶어 한다. 세 가지 순색에 하늘색이 더해진 색에는 모두 하늘과 연관된 이름을 주었다. 빨강과 하늘을 더하면 노을색(RC), 파랑과 하늘을 더하면 새벽색(BC), 녹색과 하늘을 더하면 오로라색(GC)이 된다. 우리에게 노을색은 채도가 낮은 빨강, 새벽색은 녹색이 살짝 섞인 파랑, 오로라색은 파랑이 살짝 섞인 녹색으로 보인다. 지안 씨에게 이 색들은 모두 선명한 원색이다.

세 가지 성분이 섞인 색에는 반사된 빛으로 색을 인식하는 물체의 이름을 붙였다. 산란되거나 굴절된 빛을 보는 하늘과는 달리 물체에서 반사된 빛에는 보통 흡수된 특정 성분을 제외한 나머지가 모두 뒤섞여 있기 때문이다. 빨강이 빠진 색은 바다색(GCB), 파랑이 빠진 색은 풀잎색(RGC), 녹색이 빠진 색은 꽃잎색(RCB)이다. 우리에게 바다색은 시안, 풀잎색은 노란색에 가까운 녹색, 꽃잎색은 보라색으로 보인다.

"실제로 모든 풀잎이 풀잎색으로 보이는 건 아니에요. 오로라색이거나 그냥 녹색일 때도 많죠. 다만 생명체가 지닌 색을 모두 합한다면 풀잎색일 거예요. 파란 생물은 극히 드무니까요. 꽃잎색도 마찬가지예요. 모든 꽃이 꽃잎색인 건 아니지만 기본적으로 꽃잎은 녹색과 구분되기 위해 색을 진화시켰잖아요. 그래서 녹색이 빠진 색을 꽃잎색이라고 부르는 거죠."

서지안 씨가 원색의 이름을 붙인 과정은 이처럼 과학적이다. 다만 마지막 두 색에서는 살짝 짓궂음이 느껴진다. 지안 씨는 모든 성분이 포함된 색을 진백색(RGCB), 시안이 빠진 색을 가백색(RGB)이라고 부른다. 우리에게 이 두 가지 색은 모두 똑같은 하양으로 보인다. 지안 씨에게 가백색은 하양과는 전혀 다른 선명한 유채색이다. 원칙대로라면 시안색만을 흡수하는 물질을 따서 이름을 붙였어야 한다. 무엇보다 엄연히 존재하는 색을 가짜 백색이라고 부르는 건 지안 씨답지 않다. 그런데도 굳이 가백색이라는 이름을 붙인 이유는 그 색을 하양으로밖에 보지 못하는 다른 사람들을 놀리기 위함이 아닐까. 그렇게 묻자 지안 씨는 어깨를 으쓱하며 이렇게 설명했다.

"글쎄요. 저희가 누굴 놀릴 입장인지 모르겠네요. 굳이 말하자면 짜증에 가까워요. 진백색이어야 할 곳이 선명한 가백색으로 칠해져 있는 걸 보면 기분이 어떻겠어요. 극장에서 빨간색이 덕지덕지 묻어 있는 스크린 위에 영화를 상영한다고 생각해보세요. 그런 걸 가백색이라고 불러주는 건 오히려 삼색자(trichromat)를 최대한 이해하려는 노력이라고 봐야겠죠."

하지만 사색자에게 가백색은 그저 불편하고 짜증 나는 색이 아니다. 사색자들은 가백색 잉크로 진백색 종이에 글을 쓴다. 삼색자가 그 글을 읽기 위해서는 특별히 제작된 필터가 필요하다. 가백색 잉크로 인쇄된 전단지는 사색자가 주도하는 저항의 상징이 되었고 인간 중심의 세상, 정확히 말하면 소수의 권력자에게 인류와 지구와 우주 전체가 봉사하게 만들려는 폭력적인 독재를 깨뜨릴 유일한 희망이 되었다.

"어떤 사람은 인간 중심의 세상이 왜 나쁘냐고 반문하기도 하죠. 그렇게 주장하는 사람도 언젠가는 저들이 말하는 인간에 자신이 포함되지 않을 수 있다는 걸 깨달을 거예요. 저들이 말하는 세상에 우리가 사는 세상이 포함되지 않을 수도 있고요. 아예 처음부터 존재하지 않았던 것처럼 무시당하는 거죠. 본다는 건 그래서 중요해요. 보지 못하면 알 수 없으니까요."

보게 되면 알게 되고 알게 되면 보이나니, 그때 보이는 것은 전과 같지 않으리라. 유명한 원문에서 '사랑하면'을 '보게 되면'으로 바꾼 이 문장은 사색자의 대표적인 구호가 되었다. 보게 되면 알게 되고 알게 되면 보인다. 본다는 단어가 두 번 반복되는데 첫 번째로 보는 것은 말 그대로 눈에 보이는 모습이며 두 번째로 보는 것은 새로운 관점으로 세상을 볼 때 새삼스럽게 깨닫게 되는 세상의 다채로운 광경이다.

사색자의 눈으로 세상을 볼 때 가장 먼저 눈에 띄는 것은 인간이 덧칠해놓은 세상의 흉함이다. 사색자들에게 자연은 다채롭다. 더 많은 종류의 색으로 반짝이는 세상은 그 자체로 살아 숨 쉰다. 하지만 인간이 만든 세상은 얼룩덜룩하고 지저분하다. 삼색자의 눈에는 깔끔하게 시안색으로 칠해진 벽이 사색자에게는 하늘색과 바다색과 청록색이 엉망으로 뒤섞인 모습으로 보인다. 인간의 미적 감각을 최대한 활용하여 구성한 색의 조합이 사색자에게는 전혀 조화로워 보이지 않는다. 인간은 자연의 아름다움을 모방하지만 그 모방은 오직 인간에게만 유효하다. 자연을 본떠 칠해놓은 조형물의 색은 인간의 눈에만 자연과 조화로울 뿐 다른 동물의 눈에는 아무렇게나 덧칠된 흉물로 보인다.

"자연을 사랑하는 것만으로는 부족해요. 사랑은 일방적인 감정이고 편협한 시선이죠. 인간의 관점에서 쏟는 사랑은 자연에게는 폭력일 수도 있어요. 사색자의 눈에는 인간이 자연 위에 쏟아 놓은 일방적인 사랑이 얼마나 흉한지가 적나라하게 보여요. 그러면 알게 되죠. 사랑하기 이전에 상대방의 시선을 존중해야 한다는 사실을요. 우리의 기준으로 상대방의 세상을 덧칠해서 안 된다는 것을. 더 나아가 세상에 존재하는 수많은 시선을 마음대로 지워버려선 안

된다는 것을."

서지안 씨는 사색자가 보는 세상이 진짜 세상이라고 주장하는 게 아니다. 영장류를 제외한 포유류는 대부분 이색자(dichromat)거나 단색자(monochromat)다. 단색자에게 세상은 순수한 흑백이다. 조류나 파충류 중에는 사색자가 많다. 이들이 지닌 네 번째 원추세포는 주로 자외선 영역을 보기 때문에 같은 사색자라고 해도 이들이 보는 세상과 지안 씨가 보는 세상은 전혀 다르다. 인간 중에서도 지안 씨와 같은 사색자가 있는 반면에 이색자나 단색자도 있다. 그리고 앞을 전혀 볼 수 없는 사람도 있다. 이들이 시각 이외의 감각으로 경험하는 세상은 다른 사람이 눈으로 보는 세상과는 또 다르다.

인간 중심적인 사고방식에 익숙해지다 보면 물이 자신의 결정 구조를 인간이 보기에 예쁘게 만든다고 여기고 밤에게 인간의 언어로 칭찬을 해주면 썩지 않을 거라고 상상하게 된다. 반려동물이 인간과 동일한 욕구를 느끼고 인간의 언어로 생각한다고 무심결에 믿기도 한다. 엄청난 양의 제초제를 뿌려 푸르게 가꾸어놓은 골프장은 인간에게는 속이 탁 트일 정도로 시원한 풍경일 수 있지만 자연의 입장에서는 끔찍한 학살 현장에 불과하다. 벚꽃이 휘날리는 봄이나 단풍으로 물든 가을의 아름다움 역시 그저 인간의 시선일 뿐이다. 인간이 아름다워하는 모든 것들은 오직 인간의 눈에만 아름답다는 사실을, 그것도 인간 중 일부에게만 그렇다는 사실을 인간은 깨달아야 한다.

남극의 얼음이 녹고 해수면이 상승했다. 전 세계에서 이상 기후 현상이 속출했다. 산호초가 하얗게 죽어가고 꿀벌이 모습을 감추었다. 서지안 씨는 세상을 다르게 볼 수 있는 자신의 능력으로 인간에 의한 자연 파괴를 멈추기 위해 앞장섰을 수도 있다. 자연을 보호한답시고 인간의 눈에만 자연과 비슷한 추한 대체물로 세상을 뒤덮어가는 어리석음을 지적했을 수도 있다. 하지만 지안 씨에게는 더 급한 일이 있었다. 지안 씨는 깃발을 들었다.

서지안 씨는 C 원추세포의 변이가 일어난 첫 번째 사람이 아니었다. 검사 결과 한국인의 12%가 이미 해당 변이를 보유하고 있는 것으로 밝혀졌다. 다만 그들의 뇌는 C 원추세포를 온전히 활용할 수 있는 훈련이 되지 않았다. 대부분은 C 원추세포에서 감지한 신호를 그냥 무시하거나 B와 G 원추세포에서 감지한 신호와 섞어서 처리했다. 지안 씨가 자신이 보는 색에 이름을 붙이고 그 색들을 명확히 구분해 보여주자 잠재적인 사색자들은 조금씩 차이를 인식하기 시작했다.

사색자 능력의 발현이 소득 수준과 관련이 있다는 조사 결과가 처음 발표되었을 때 과학자들은 그 사실을 믿지 않았다. 아무런 과학적 인과 관계를 찾을 수 없었다. 하지만 나타나는 현상은 명확했다. 사색자 능력이 발현된 사람 열 명 중 아홉 명은 저소득층이었다. 그 원인은 아직도 밝혀지지 않았다. 고소득층은 세상을 다르게 볼 이유가 없어서라는 설명이 그나마 설득력이 있다.

위기를 맞은 것은 지구만이 아니었다. 소득 격차가 극심해지고 계층이 분화되었다. 인간의 기본권은 명목상으로만 존재했다. 누구나 고등학교에 갈 수 있지만 초등학교 때부터 이어지는 사립학교의 라인을 타지 않으면 좋은 일자리를 얻을 수 없다. 언론은 가난한 사람들의 목소리를 대변하지 않았다. 부자들은 죄를 지어도 선처를 받거나 아예 기소조차 되지 않았다. 투표권은 있지만 표를 주고 싶은 사람이 없었다. 가난한 사람은 후보자가 될 엄두조차 내지 못했다. 한 줌도 되지 않는 기득권자의 시선으로 세상이 칠해져갔다. 가난한 사람들은 언론에서 칭송하는 나라와 전혀 다른 세상에서 살았다. 그들이 아름답다고 노래하는 세상은 가난한 사람들의 눈에는 거짓과 협박과 탐욕으로 얼룩진 지옥으로 보였다. 권력은 그들만의 세상에서 머물며 대를 이어 전해졌다. 부자의 눈에 세상은 그저 아름다웠다. 엄연히 존재하는 부조리가 그들의 눈에는 보이지 않았다. 그들은 세상을 다르게 볼 이유가 없었다.

아무것도 쓰이지 않은 하얀 전단지가 사람들 사이에서 돌기 시작했다. 오직 사색자만이 가백색으로 쓰인 글자를 읽을 수 있었다. 그 종이에는 세상의 진짜 모습이 적혀 있었다. 사람들은 그들의 눈에 보이던 부조리가 혼자만의 착각이 아니라는 걸 깨달았다. 언론에서 노래하는 아름다운 세상은 전부 허상이었다. 자신과 같은 세상을 보는 사람이 아주 많다는 걸 깨달았다. 녹색 지하철은 오로라색 글자를 온몸에 새긴 채 서울 시내를 달렸다. 청록색 벽에 하늘색과 바다색으로 그려진 그림은 권력가들의 추태를 풍자했다. 이 모든 것들이 삼색자의 눈에는 보이지 않았다. 자신들이 세상에 뿌린 거짓과 협박과 탐욕을 보지 못하듯이.

사색자만이 볼 수 있는 글씨나 그림을 공공장소에 게시하는 일이 금지되었다. 삼색자들은 가백색으로 쓰인 글자가 삼색자에 대한 역차별이라고 주장했다. 삼색자의 기준으로 꾸며진 세상은 정상이었지만 사색자의 기준으로 쓰인 글자는 비정상이었다. 사색자가 보는 세상은 존재하지 않아야 했다. 아예 사색자가 존재하지 않아야 했다. C 원추세포를 지닌 사람도 세 가지 색으로만 세상을 봐야 했다. 그게 그들이 원하는 효율적인 세상이었다.

납득할 수 없는 이유로 서지안 씨는 3년 형을 선고받았다. 사색자나 전단지와는 전혀 상관없는 공금 횡령과 업무 방해 혐의였다. 그래도 사색자는 줄지 않았다. 가백색 전단지도 오로라색, 바다색으로 모습을 바꾸며 끊임없이 뿌려졌다. 이를 적발하기 위해 보급된 C 검출용 필터는 오히려

이들의 저항에 불을 붙였다. 필터를 통해 세상을 본 삼색자들은 익숙했던 주변이 필터 하나로 인해 모습을 바꾸는 경험을 통해 큰 충격을 받았다. 자신들이 믿고 안주하던 세상에 커다란 균열이 있을지도 모른다고 생각하게 되었다. 보게 되면 알게 되고 알게 되면 보이나니, 그때 보이는 것은 전과 같지 않으리라.

뜻있는 사람들이 세상의 실제 모습을 알리기 위해 노력했다. 단지 눈에 보이는 색뿐만이 아니었다. 세상에서 지워졌던 사람들, 그 사람들의 목소리가 기록되고 전파되었다. 사색자 혁명 혹은 시안 혁명이라고 불리는 혁명의 시작이었다. 어떤 사람들은 이 혁명을 지안 혁명이라고 부르는데 서지안 씨 본인은 매우 싫어한다.

"존재하는 모든 사람의 시선을 기록하고 목소리를 부여하는 데서 시작해야 합니다. 나의 시선만이 옳다는 독선과 상대방의 세상을 나의 기준으로 덧칠하는 오만을 버려야 합니다. 무엇이 옳은지는 그다음이죠."

만기 출소 날, 서지안 씨가 지지자들 앞에서 한 연설은 많은 사람에게 깊은 감동을 주었다. 시안혁명당의 로고인 삼색기는 하늘색, 바다색, 그리고 청록색으로 칠해져 있다. 이 깃발은 사색자에게는 삼색기로 보이고 삼색자에게는 시안색으로 칠해진 단색기로 보인다. 그 두 가지 시선은 똑같이 옳다. 하늘과 맞닿은 바다는 사색자의 눈으로 보든 삼색자의 눈으로 보든 똑같이 아름답다. 그 아름다움은 자연이 시선에 따라 모습을 바꾼다는 사실을 깨달을 때 경이로움이 된다.

지난달 실시된 총선에서 시안혁명당은 전국 평균 6%의 지지율을 기록했음에도 의석 확보에 실패했다. 선거 직전 교묘하게 개정된 선거법 때문이었다. 하지만 그 6%의 지지율은 지워지지 않고 기록되었다. 세상은 6%만큼 새로운 색으로 칠해졌다. 혁명은 이제 막 시작되었다. 어떤 사람의 눈에는 보이지 않을지도 모르지만.

남세오 평범한 연구원으로 살아가던 어느 날 문득 글을 쓰게 되었다. 온라인 플랫폼 브릿G와 환상문학웹진 거울에서 '노말시티'라는 필명으로 활동하고 있다. SF 소설집 《중력의 노래를 들어라》, 호러 소설집 《일란성》, 미스터리 소설인 《꿈의 살인자》와 청소년 SF 소설 《너와 함께한 시간》《너와 내가 다른 점은》《기억 삭제, 하시겠습니까?》를 출간했다.

우주항로 표지관리원의

어느 날 30분

해도연

우리 집 꼬맹이들에게 오랜만에 손편지를 썼다. 답장은 기대도 하지 않는다. 편지 열 통을 보내도 한 번 답장이 올까 말까인데 그럴 때는 대개 할머니나 할아버지가 시켜서 억지로 썼다는 티가 난다. 물론 그렇게라도 답장이 온다면 나야 좋지만, 이미 기대하지 않는 것에 익숙해졌다. 하지만 이번엔 답장을 받지 못할 게 거의 확실하다. 그런 내용이니까. 화를 낼까? 아마도. 엄청 화를 내겠지. 너무 미워하지만 않았으면 좋겠다.

편지를 조심스럽게 스캐너에 넣자 양자 탐침이 지직거리며 편지를 원자 단위로 해체한다(편지 마지막에 그 사람을 만나러 간다는 말은 왜 썼을까, 이제야 살짝 후회가 든다). 조금 있으면 편지를 구성하고 있던 모든 물질의 정보가 전기장과 자기장의 단단한 동아줄이 되어 고출력 안테나에서 출발해 회사와 대학원에 있는 두 수신자에게 이르기까지 아홉 시간 남짓의 여행을 할 것이다. 지금이라도 그 동아줄을 붙잡아 타고 갈 수 있다면…… 빛과 기계 따위를 부러워해봐야 아무 소용 없다는 사실은 몇 번을 깨달아도 쉬이 받아들일 수가 없다.

우주복 헬멧을 잠그고 에어록이 준비되길 기다린다. 녹색 조명이 반짝이자 외부 해치를 열고 바깥으로 나간다. 별빛 반짝이는 시커먼 우주 바다가 사방팔방에서 출렁인다. 정말이다. 15년을 우주에서 살면 별빛의 물결이 보인다. 우주 공간을 표류하는 옅은 가스 덩어리들과 고향에서 버림받은 떠돌이 행성들이 빛과 공간을 흐트러뜨린다. 11년 전, 그 사람이 심우주에서 떠돌이 행성 연구를 시작한 이후로 내 눈은 언제나 그 흔적을 쫓는다.

고개를 돌려 세상의 중심을 바라본다. 60억 킬로미터 떨어진 곳에선 태양도 그저 눈에 띄게 밝은 별 정도에 불과하다. 초라하기 그지없지만 이 세상을 단단하게 붙잡아주고 있는 거대한 불덩어리. 그런 태양을 바라보며 가슴에 손을 얹고 사랑과 감사를 고백한다. 내가 사랑하는 세상을 지켜줘서 고마워요. 이젠 내 차례예요.

질소를 가득 채운 무중력 기동장치를 우주복에 단단히

고정하고 출력을 높이자 몸이 천천히 떠오른다. 기동장치의 터치스크린 위에 미리 설정해둔 목표물 두 개가 떠오른다. 둘 중 하나 밖에 잡을 수 없다는 메시지도 함께 나타난다. 망설임 없이(아마도) 두 번째 목표물을 선택하자 기동장치는 스스로 방향을 잡으며 이리저리 질소를 분출하기 시작한다. 남은 산소는 30분 정도. 적어도 20분 안에 돌아와야 한다. 그렇다면 10분 뒤에는 목표물을 확보해야 한다. 기동장치 핸들에서 빨간색 안전 커버를 열고 비상용 고속 이동 스위치에 손을 올린다.

하나, 둘… 스위치 온, 부웅!

나는 우주항로표지관리원이다. 간단히 말하면 우주 등대지기인데 썩 좋아하는 표현은 아니다. 그 이름은 무인 등대의 AI들이 먼저 가져가기도 했고, 바다 등대에서 일하셨던 외할머니도 등대지기라는 말을 좋아하지 않으셨다. 외할머니는 항로표지관리원은 엄연한 전문직이라며 그 이름에 자부심을 갖고 계셨다. 내가 등대를 좋아했던 것도, 그 사람이 우주에 나가서도 나를 등대 삼아 돌아오겠다고 말하게 된 것도, 모두 할머니 덕분이었다(고마워요).

내가 곱셈을 처음 배울 때만 해도 우주 등대라고 하면 멀리 떨어진 펄사 같은 천체를 설명할 때나 쓰는 진부한 표현이었다. 그땐 태양계를 돌아다니는 인공물이라고는 사람이 타고 있지도 않은 탐사선 십여 개가 전부였기 때문에 위치 확인에 몇 시간이 걸려도 큰 문제가 없었다. 하지만 고등학생이 되었을 땐 우주정거장이 수십 개가 되었고 대학에서 그 사람을 처음 만났을 땐 태양계 모든 행성 주변에 사람이 살게 되었다. 우주 인구가 백만 명을 넘어서자 내가 구구단을 외울 때와는 상황이 달라졌다. 우주 공간을 떠도는 인간과 기계는 일정한 확률로 사고를 치기 마련인데 그럴 때 가장 가까이에 있는 누군가가 궤도역학적으로 가장 합리적인 구출 혹은 유해 수습에 나서기 위해서는 빠르고 정확한 위치 확인이 꼭 필요했다. 그래서 우주 등대가 만들어졌다.

하지만 이런 일은 수지타산이 맞을 리가 없으니 이렇게 (지금처럼) 공무원이 갈려 나갈 수밖에. 우주 등대에서 일을 한다고 하면 이상한 로망을 내게 비추는 사람들이 있는데 결국은 지독하게 고독한 우주 시대의 직장인일 뿐이다(그 사람이 심우주 탐사대원 훈련생으로 선발됐을 때, '선배가 언제라도 돌아올 수 있도록 빛을 비춰주는 우주 등대가 되고 싶어요'라며 따분한 고백을 했던 그 시절에는 몰랐다).

태양계 끝자락이라고 할 수 있는 카이퍼-에지워스 벨트 외곽, 그러니까 에지워스 벨트에는 1,341개의 우주 등대가 있다. 그중 유인 등대는 44개가 있고 내가 일하는 곳은 그중에서도 네 번째로 오래된 곳이다. 평균 지름 1.5킬로미터의 감자 모양 미소

행성을 개조해 만든 이 낡은 등대에서 일을 시작하고 이제 딱 10년째다. 팔뚝에 있는 거울로 뒤를 확인하니 점점 작아지는 등대가 어렴풋하게 보인다. 처음 등대에 발을 들였을 때가 문득 떠오른다. 그때는 우주에서 가장 외로운 사람이 되고 싶었다(작업실 벨크로 의자에 앉자마자 '당신을 다시 만날 수 없다면 서울 한복판에 있든 오르트 구름 너머에 있든 아무런 차이가 없다'고 말했었지). 당시엔 그랬다는 얘기다.

하지만 다행히도 이곳에서조차 완전히 혼자가 될 수는 없었다.

"기다리고 있어. 이번엔 내가 너보다 먼저 상황을 정리하고 승리를 선언해줄 테니까."

내 목소리는 우주복 안테나를 타고 가장 가까운 곳에 있는 다른 인간을 향해 단거리 여행을 떠난다. 1억 4천 킬로미터 정도 떨어져 있는 동료 관리원 엘리스다. 신호가 그 녀석에게 닿기까지 8분 정도 걸린다. 그래서 평소에 말이 별로 없는 그 녀석을 열받게 하고 싶을 땐 16분 동안 쉬지 않고 시비를 건다(이렇게 말은 하지만 내가 그 사람 얘기를 주야장천 늘어놓아도 불평 없이 잘 들어주는 정말 좋은, 하나밖에 없는 친구다).

"발신 시스템은 거의 다 고쳤고. 이제 떨어져 나간 원자로 컨트롤러만 다시 주워 와서 연결하면 돼. 그럼 얼어붙은 차를 다시 끓여서 오랜만에 정겨운 티 타임을 나눌 수 있을 거야. 아, 이런. 넌 원자로가 아예 죽었다고 했지. 하이고, 아쉽네. 그래도 괜찮아. 오라시오 호를 내, 가, 구하고 나면 그 차의 조합을 만든 사람을 곧 만날 테니까. 네가 그거 마시려고 무슨 짓까지 했는지 고스란히 전해줄게. 내가 얘기했지? 그 사람 웃음소리가 얼마나 호탕한지. 들려주지 못해 아쉽네."

16분 뒤에 엘리스의 맞시비가 도착할 걸 기대하고 있긴 하지만, 이번 경쟁에선 내가 완벽하게 이긴 것이나 마찬가지다. 이 사실을 알면 엘리스는 특유의 고양이 같은 그르릉 소리를 내며 심통을 부리겠지. 하지만 사실은 부정할 순 없다. 내가 이길 수밖에 없다. 유인 심우주탐사선 오라시오 호에 구원의 손길을 내미는 건 엘리스가 아니라 나다.

네 시간 전에 감마선 폭발의 여파가 태양계를 덮쳤다. 우주에서 감마선 폭발이야 흔하디흔한 일이지만 문제는 이번엔 우리은하 내부에서, 그것도 태양계 근처에서 일어났다는 것이다. 대충 말하자면 이웃 마을에서 핵폭탄이 터진 격이다. 이런 일은 수백만 년에 한 번 정도 일어난다는데 그게 일어났다. 정확히 얼마나 떨어진 곳에서 일어났는지는 아직 알 수 없지만, 지금 중요한 건 감마선의 세기와 방향이다. 일단 세기. 과장을 좀 보태서 말하자면, 태양계에 있는 거의 모든 생명을 단숨에 구워버리기 충분하다. 그리고 방향. 이건 기적이다. 등대의 컴퓨터를 고치고 나서 결과를 보고는 믿을 수가 없어 몇 번이나 다시 계산을 했다.

감마선 폭발의 여파는 빛의 속도로(그야 빛이니까) 태양계를 가로질러 세 시간 뒤에 지구 궤도를 덮친다. 그래서 지구에선 아직 감마선 폭발이 일어났다는 사실조차 모른다. 하지만 세 시간 뒤에도 역시 모를 것이다. 바로 그 순간, 지구에서 바라봤을 때 감마선 폭발이 일어난 방향에는 태양이 든든하게 자리를 잡고 있을 때니까. 태양이 지구를 향해 쏟아지는 우주살인광선을 완벽하게 막아줄 것이다. 지구인들은 갑자기 연락이 끊어진 우주선들 때문에 당혹스러워하다가 몇 시간이 더 지난 다음에야 무슨 상황인지 파악하겠지. 그러고는 곧 태양의 기적 같은 모성에 감사할 것이다. 내가 조금 전에 한 것처럼. 태양은 내 아이들을 지켜줬다.

하지만 어디까지나 지구에 한정된 이야기다. 태양계 곳곳에 있는 우주기지 사람들 중 상당수는 어지간히 운이 좋지 않고서는 이제 곧 죽거나 평생 후유증에 시달릴 운명이다. 태양계를 돌아다니던 행성간 유인 우주선의 승객들도 마찬가지다.

오라시오 호에도 지구와 비슷한 기적이 일어났다. 감마선이 쏟아질 때, 기다란 막대기 같은 모양의 오라시오 호는 정확히 감마선에 평행한 자세를 하고 있었다. 덕분에 우주선의 뒷부분 절반 정도만 감마선에 노출되고 나머지 대부분은 비교적 안전했다. 비교적 안전했다는 건 그곳의 승객들이 최대한 빨리 해왕성 정거장으로 가서 몇 개월 동안 치료를 받으면 심각한 후유증은 겪지 않을 정도라는 뜻이다.

문제는 오라시오 호가 멜트다운을 일으킨 원자로를 버려야만 했다는 사실이다. 원자로가 없으니 예비용 배터리에 의존해야 하는데 해왕성 정거장까지 최단 경로로 가도 아슬아슬한 수준밖에 남아 있지 않다. 게다가 거의 모든 종류의 안테나가 죽어버렸는데 그중에는 내비게이터 역할을 하는 심우주 네트워크 안테나도 있다. 우주의 미아가 된 오라시오 호는 급조한 통신장비로 구조요청만 간신히 보낼 수 있는 상황이다.

짜잔. 이제 우주 등대가 등장할 차례다. 등대 대부분도 감마선 여파로 기능을 잃었지만, 운이 좋은 곳도 있다. 오라시오 호는 여기서도 운을 하나, 아니 두 개 주웠다. 비교적 가까운 곳에 있는 두 개의 등대는 일시적으로 작동을 멈췄지만, 수리가 가능한 상태다. 그게 바로 내 등대와 엘리스의 등대다. 비상 상황에서 우주 등대는 강력한 빛을 직접 쏠 수 있기 때문에 안테나를 잃은 오라시오 호에서도 확인할 수 있다. 나와 엘리스는 누가 먼저 등대를 고쳐서 오라시오 호에 구원의 빛을 내밀지 경쟁을 하고 있었다.

기동장치가 목표물 근접 알림을 보낸다. 원자로 컨트롤러가 빙글빙글 돌아가며 도망치고 있는 게 이제 눈으로도 보인다.

"내가 먼저 고치면 넌 수리를 할 필요도 없으니까 그냥 맘 편히 쉬고 있어, 엘리스."

심호흡을 하고 제동 스위치를 올린다. 기동장치는 다시 한번 이리저리 자세와 방향을 조절하며 조금 전과는 반대 방향으로 질소를 뿜어낸다. 질소를 너무 많이 쓰는 것 같다는 걱정이 조금 들었지만, 어차피 기동장치가 알아서 최적의 양을 사용했을 것이다.

제동은 완벽했고 내 몸뚱이 크기의 판자처럼 생긴 원자로 컨트롤러를 무사히 확보했다. 기동장치의 운반용 케이블을 컨트롤러에 고정하자 기동장치가 질소를 살짝 뿜으며 가속도를 확인하더니 경고 메시지를 띄운다. 지금 상태로는 등대까지 돌아가지 못한단다. 컨트롤러 질량이 내가 알고 있던 거랑 다른가? 그럴 리가. 하, 망할.

"네 말대로 살을 좀 빼야 했어."

어떻게 해야 할까? 산소는 이제 18분 정도 남았다. 질량이 늘어나서 속도가 느려질 걸 생각하면 돌아갔을 땐 5분도 남지 않을 가능성이 있다. 엘리스가 임기응변의 대가였지만 지금은 도움을 받을 수가 없다. 옆에 있다고 한들, 지금까지 놀려댄 걸 생각하면 그냥 팔다리 하나씩 잘라서 무게를 줄이라고 할지도 모르지. 당연히 팔다리를 자를 수는 없는 노릇이다. 망할 놈의 엘리스, 다리를 자르라니.

좋다.

"역시 엘리스야. 이럴 때도 영감을 주네."

우주복 허리 주머니에서 덕트 테이프를 꺼낸다. 덕트 테이프는 우주 근로자의 스위스 아미 나이프다. 오른쪽 종아리 가운데부터 발목 잠금쇠까지 덕트 테이프로 돌돌 그리고 최대한 세게 만다. 그러고는 발목 잠금쇠를 재빨리 풀어서 부츠를 벗어서 던져버린다. 발을 덮은 두꺼운 양말이 우주 공간에 노출된다. 진공은 견딜 만하다. 에어록에서 몇 번 겪어봤다(우주 공간에서 인간과 기계는 일정한 확률로 사고를 치니까). 하지만 영하 270도의 온도는 그렇지 않다. 솔직히 말해 무섭다. 테이프 감기를 다시 시작해 발목 아래까지 꼼꼼하게 그리고 두껍게 덮는다. 소중하고 또 소중한 체온이 양말과 테이프를 뚫고 차가운 우주로 빠져나가면서 저릿한 동통이 허리를 타고 오른다. 어떻게든 참으며 왼쪽 다리와 발에도 꾸역꾸역 같은 작업을 한다.

등대가 만들어진 곳을 미소행성이라고 부르기는 했지만 당연히 농담이고 사실은 중력이 지구의 2천분의 1밖에 되지 않는 먼지와 얼음의 덩어리일 뿐이다. 그래서 그나마 편리한 이동을 표면 여기저기에 금속으로 된 길이 설치되어 있고 부츠에는 지구에서 걷는 것과 비슷한 느낌으로 달라붙는(하청 업체가 남긴 20년 전 설명서로는 그렇다) 커다란 전자석과 배터리가 들어 있다. 그래서 부츠는 무겁다. 아니,

질량이 크다. 부츠 두 개면 10킬로그램 어쩌면 12킬로그램 정도는 된다.

다시 기동장치를 움직여본다. 아슬아슬하게 파란불! 돌아가면 다시 걷지 못할 가능성이 아주 높지만, 어차피 등대에서 일하면서 걸을 일은 거의 없었다. 앞으로도 거의 없을 거고. 근무실 벽에 어린 왕자와 점등인 일러스트를 붙여둔 엘리스는 가끔 산책 삼아 자기 등대 행성을 몇 바퀴씩 걸으며 초라한 태양이 뜨고 지는 모습을 지켜본다지만, 아무튼.

이 파란불이 오라시오 호 승무원들에게 보이지 않아 아쉽다. 이건 그들 삶에 보내는 파란불이기도 하니까! 이제 조금만 있으면 우주 등대가 그대들에게 빛을 비추리니!

파란불은 개뿔.

그 사람 만나면 좀 따져야겠다. 아무래도 일정한 확률이 아닌 것 같다. 도착 10초를 남기고 결국 질소가 다 떨어졌다. 지금 속도는 시속 20킬로미터. 자전거로 신나게 달리다가 벽에 처박히는 것과 비슷한 상황이다. 온다, 온다, 온다…… . 욱.

망할. 튕겨 나갔다. 엉성하게 얽힌 자갈들이 쿠션 역할을 해줘서 충격 자체는 크지 않았다. 대신 몸이 반대편으로 밀려나서 표면에서 다시 멀어지고 있다. 속도는 초속 50센티미터. 막 걸음마를 시작한 아기가 아장아장 걷는 속도와 비슷하다(아이들이 보고 싶다). 중요한 건 어디에도 손이 닿지 않는다는 것이다. 이대로 가다간 오라시오 호를 구하기도 전에 내가 우주 미아가 되고 만다. 무언가를 반대편으로 던져 방향을 바꿔야 한다. 부츠는 이미 버렸다. 원자로 컨트롤러는 버릴 수 없다.

아. 기동장치. 홀로 등대 바깥으로 나와 미소행성의 달이라도 된 것처럼 빙글빙글 돌 때마다 함께 했던 녀석이다. 쓸데없이 내구성이 좋아서 지난 10년 동안 써온 물건. 이제 다시 쓸 일이 없기를 바라면서, 아니, 이제 다시 쓸 일이 없을 거라는 아쉬움을 품고, 기동장치를 발 아래에 둔 다음 최대한 세게 우주 공간을 향해 걷어찬다.

몸이 다시 등대를 향해 움직이기 시작한다. 조금 전 추락하며 생긴 구덩이 위에 부드럽게 안착한다.

남은 시간은 4분. 충분하다.

외벽이 터져버린 발전실로 들어가 컨트롤러를 제자리에 집어넣고 케이블을 차례로 연결한다. 안전등이 다시 켜지더니(비상등은 깨진 지 오래다) 정신없이 폭주하던 원자로가 잠시 진정을 되찾는다. 외벽이 없는 상황에서 어차피 오래 견디지 못하겠지만 오라시오 호에 등대 신호를 보내줄 시간은 충분히 벌 수 있다. 그리고…… 잠시 쉴 시간도.

이제 등대 내부의 작업실로 들어간다. 역시나 공기는 모두 빠져나가고 없다. 감마선 때문에 배터리가 폭발하면서 여기저기 균열을 만들어놓은 덕분이다.

"엘리스."

불러본다. 16분 전에 보낸 메시지에 답장이 왔을까. 조용하다. 관제 컴퓨터 화면에 엘리스 등대의 영상을 다시 띄운다. 원자로 입구의 그림자 속에 우주복을 입고 앉아 있는 엘리스가 어렴풋이 보인다. 미동조차 하지 않는다. 출발하기 전에 본 모습과 완벽하게 똑같다. 잠시 쉬어도 되겠냐고 말하고는 아직까지 저러고 있다.

"내가 고쳤어. 넌 이제 계속 쉬어도 돼."

엘리스는 답장을 할 수가 없다.

"나도 이제 쉴 거고."

엘리스는 아무 말도 하지 않는다.

관제 컴퓨터가 두 개의 목표물 중 다른 하나, 그러니까 첫 번째 목표물의 위치를 다시 확인했다는 메시지를 띄운다. 빙글빙글 돌아가며 날아가고 있는 등대 탈출선이 화면에 나타난다. 저걸 잡아서 탔다면 초급속 냉동수면에 들어간 상태로 해왕성 정거장까지 갈 수 있었다. 초급속 냉동수면이 건강에는 몹시 나쁘지만, 그래도 등대의 초소형 원자로 멜트다운이나 산소 고갈 정도로 나쁘지는 않다. 배터리가 터졌을 때, 탈출선이 하필이면 원자로 컨트롤러 반대 방향으로 튕겨 날아가버렸다. 둘 중 하나밖에 잡을 수 없었다. 그리고 나는 원자로 컨트롤러를 선택했다.

해왕성 정거장에서 신호가 온다. 피해는 크지만 일단 가동 중이라고 한다. 견인선과 의료시설은 이미 재가동을 시작했다. 다행이다. 오라시오 호는 무사할 것이다. 등대가 알려준 길만 잘 따라간다면.

이제 남은 시간은…… 30초 정도.

아이들에게 보낸 편지는 아직 해왕성 궤도에도 도달하지 못했을 것이다. 어차피 답장은 받지 못한다. 하지만 15년 전에 아이들이 내게 줬던 편지는 작업실 벽에 붙어 있다. 아니, 내게 준 게 아니다. 나와 그 사람에게 준 편지다. 하지만 그때 그 사람은 편지를 받지 못했다. 하지만 이제 전해줄 수 있을 것 같다. 늦게 전해줘서 미안해, 당신. 그리고 우리 집 꼬맹이들. 편지를 벽에서 뜯어 가슴 위에 올린다.

졸린다. 아프게 죽지 않아 다행이다. 두 발은 좀 아프지만 이 정도는 참을 수 있다.

엘리스가 마중 나온다.

"같이 가, 엘리스. 먼저 출발했다니, 비겁한 녀석."

엘리스는 걱정스러운 얼굴로 창문 너머의 우주를 바라본다.

"오라시오 호는 이제…… 괜찮아."

그제야 안심한 듯, 엘리스는 내 자리에 앉아 내 허락도 없이 차를 마신다.

엘리스가 찻잔을 비우자 반가운 사람이 마중 나온다. 빈 찻잔을 보며 미소를 짓는다. 자기가 만든 차 레시피가 자랑스럽다는 표정이다.

그리고 나를 본다.

"보고 싶었어. 왜 이제야…… 돌아온 거야. 여긴…… 엘리스. 내 동료. 엘리스, 네가 좋아했던…… 홍차 레시피를 만든 게…… 이 사람이야. 여보, 엘리스가 당신 차를…… 마시려고, 무슨 짓까지 했는지…… 알아?"

내가 힘겹게 숨을 뱉으며 쿡쿡거리며 웃자 반갑고 그리웠던 손길이 헬멧 유리를 통과해 얼굴에 닿는다. 뜨거운 체온에 거친 숨이 진정된다.

"내가…… 해냈어. 당신이 거기 타고…… 있을 때는…… 왜…… 왜, 못 했…… 을까."

우주 공간에서 사람과 기계는 일정한 확률로 사고를 치기 마련이니까.

"별로…… 동의하고 싶진 않아. 어쨌거나 결국…… 역시 당신 등대는…… 나야. 그치?"

내가 웃는다. 그 사람도 웃는다.

두 발도 이제 아프지 않다. 눈을 감으니 아이들 얼굴이 보인다. 두 아이는 방바닥을 엉금엉금 기어 다니다가 놀이터에서 두 발로 걸으며 뒤뚱뒤뚱 다가오더니 내 옆을 지나쳐 가고는 어느새 뒷모습만 보인다. 넓고 커다란 길을 성큼성큼 걸으며 점점 멀어진다. 그리고 잠시 멈추고는…… 돌아본다. 웃는 얼굴로(다행이다) 뭐라고 말하지만 들리지 않는다. 뭐라는 걸까.

등대의 불빛이 번쩍이며 오라시오 호를 향해 달려 나간다.

해도연 SF작가. 책 몇 권에 이름을 실었다.
이제 슬슬 그만둘까 고민중이다.
뭘 그만둘지도 아직 고민중이다.

그리고

노래하기 ♫
시작했다

아밀

옛날에 어리석은 왕이 있었다. 왕은 어려서부터 어리석었으나 그의 형은 포악했으므로, 선왕은 그나마 어리석은 둘째 아들이 왕이 되는 것이 낫다 하여 그에게 왕위를 물려주었다.

화창한 봄, 어리석은 왕이 선왕의 장례를 치르고 새 왕으로 즉위한 이후 가장 먼저 추진한 일은 천도(遷都)였다. 왕은 꿈에서 신에게 계시를 받았는데, 계시인즉슨 그가 지금의 도읍에 있으면 즉위 99일이 채 되기 전에 죽음을 맞으리라는 것이었다. 가뜩이나 포악한, 그리고 이제는 왕이 되지 못한 울분까지 품고 동쪽 나라로 도망친 형에게 칼을 맞아 죽는 꿈이 너무나 생생하여 왕은 덜덜 떨었다. 그리고 곧장 신하들을 불러 모은 다음 앞으로 99일 안에 나라에서 두 번째로 큰 도시로 도읍을 옮기고 새 왕궁을 지으라고 지시했다.

99일 안에 도읍을 옮기고 새 왕궁을 짓는 것은 쉬운 일이 아니었다. 농사를 지어야 할 수많은 백성이 톱질하고 못질하는 일에 동원될 것이고, 국고의 절반이 금과 은과 석영과 산호와 대리석과 감람석과 녹주석을 사들이는 데 쓰일 것이었다. 왜냐하면 왕은 원래의 왕궁을 허물고 그 왕궁을 이루었던 금과 은과 석영과 산호와 대리석과 감람석과 녹주석으로 새 왕궁을 짓는 것은 원치 않았기 때문이다. 어리석은 왕이 생각하기에, 본디 왕궁이었던 곳에 진기한 식물들을 심고 희귀한 동물들을 풀어 백성들이 노닐 수 있게 하면, 백성들이 감탄하고 즐거워하여 왕을 칭송할 것이었다.

충직한 신하들은 관복을 벗을 것을 각오하고 어리석은 왕에게 반대 상소를 올렸다. 그러나 어리석은 왕은 그 신하들이 포악한 형을 지지하는 이들이라고 생각해 목을 자르도록 했다. 그리하여 서른 명의 충신이 명을 달리했고 어리석은 왕의 곁에는 아첨하는 무리만 남게 되었다.

98일 동안 수많은 백성이 피땀을 흘리고, 수많은 배가 이국의 암석과 보석을 실어 나른 끝에, 그해 여름 드디어

새 왕궁이 완성되었다. 어리석은 왕이 새 왕궁을 보니 옛 왕궁보다 아름다워 심히 만족스러웠다. 99일째에 왕은 새 도읍을 선포하고 옛 도읍의 수비대를 모두 새 도읍으로 옮기도록 했다. 그리하여 1만 명의 병사들이 모두 새 도읍으로 옮겨갔다. 왕은 새 왕궁에 기녀들과 무희들과 악공들을 불러 모아 성대한 주연을 베풀었다. 아첨하는 신하들은 고기와 술을 마음껏 먹고 마시며 즐거워했다. 이후로 여러 날 동안 새 왕궁에서는 노랫소리와 고기 굽는 냄새가 끊이지 않았다.

왕과 왕족과 귀족이 떠난 옛 도읍은 백성들의 차지가 되었다. 돌을 깎고 나무를 베다가 손가락이 없어지고 십장들의 채찍질에 살갗이 터지고 벽돌을 나르고 쌓느라 허리가 굽은 백성들은 과거에 발도 들일 상상조차 하지 못했던 옛 왕궁을 거닐었다. 공작새와 코끼리와 원숭이와 종려나무와 봉황목과 협죽도가 있는 옛 왕궁은 마치 낙원과도 같았고 백성들은 그곳에서 시름을 덜 수 있었다. 옛 왕궁의 이름은 이웃 나라들에도 알려져 귀족들과 사신들이 방문하기 시작했다. 그러자 돈 냄새를 맡은 상인들이 몰려와 시장과 여관과 음식점과 주점을 차리기 시작했다. 온 나라의 시장과 광장을 돌아다니는 광대들과 악사들과 시인들과 춤꾼들이 몰려들기 시작했다. 어느새 옛 도읍은 향락가가 되었다. 이후로 여러 날 동안 옛 도읍에서는 노랫소리와 고기 굽는 냄새가 끊이지 않았다.

어리석은 왕은 과연 자신의 생각이 옳았다며 기뻐했다. 어려서부터 선왕에게 어리석다는 꾸지람을 들어온 왕은 자신의 현명함이 비로소 만천하에 증명되었다고 생각했다.

"백성들은 어리석어서 자신들이 당한 고통은 금세 잊고 즐거움에 취하는구나." 왕은 말했다.

가을이 왔다. 추수를 할 때였으나 지난봄부터 많은 백성이 노역하느라 씨를 뿌리지도 밭을 돌보지도 못했기에 전에 없는 흉년이었다. 기근은 사람마다 다르게 와서, 왕족과 귀족 들은 세금과 공물로 여전히 부족함 없이 먹었고, 상인들은 비싼 값을 치르고 곡식을 사서 먹었고, 오로지 가난한 백성들만 굶주렸다. 그들은 다가올 겨울을 두려워하며 풀죽을 쑤어 먹었다. 그리고 시장과 광장에서 노래를 불렀다. 슬픈 노래를 부르며 자신의 처지를 한탄하거나, 우스운 노래를 부르며 왕족과 귀족 들을 조롱했다. 그렇게 백성들은 시름을 덜 수 있었다.

어리석은 왕은 옛 도읍에서 백성들이 자신을 조롱하는 노래를 한다는 소식을 듣고 화를 냈다. 형을 두려워하며 쩔쩔매는 바보 임금에 대한 노래가 옛 도읍 밖으로도 퍼지고 있었다. 어리석은 왕은 당장 그들을 잡아들이고 싶었으나, 그런 노래를 부르는 이들이 너무 많아 그렇게 할 수 없었다. 왕은 어떻게 하면 그들을 막을 수 있느냐며 신하들을 추궁했지만 아무도 뾰족한 답을 내놓지 못했다.

그때 서쪽 섬에 있던 용이 가을을 맞아 긴 잠에서 깨어났다. 용은 요정들에게 세상 돌아가는 일을 물었고, 재미난 소식을 들었다. 나라의 주인이 옛 왕궁을 버리고 떠났으며, 떠날 때 옛 도읍을 지킬 수비대도 모두 데려갔다는 것이었다. 이제 옛 도읍에 남아 있는 군인이라고는 백성들이 불온한 노래를 부르지 않는지 단속하는 병사 137명뿐이라고 했다. 그러니 용이 옛 왕궁에서 반짝이는 금과 은과 석영과 산호와 대리석과 감람석과 녹주석을 손아귀에 넣는 것은 식은 죽 먹기일 터였다. 수비대조차 아닌 졸병 137명 정도야 용이 발을 한 번 구르고 날개를 한 번 치고 입김을 한 번 뿜으면 다 스러질 목숨이었다.

그래서 용은 그렇게 했다.

병사들이 죽었다. 공작새와 코끼리와 원숭이와 종려나무와 봉황목과 협죽도가 죽었다. 이웃 나라의 귀족들과 사신들이 죽었다. 시장 상인들과 여관이며 음식점이며 주점 주인들이 죽었다. 광대들과 악사들과 시인들과 춤꾼들이 죽었다. 손가락이 없어지고 살갗이 터지고 허리가 굽고 굶주린 백성들도 죽었다. 옛 왕궁은 앙상한 뼈대만 남았다. 어느새 옛 도읍은 폐허가 되었다.

"이 나라의 왕은 어리석어서 선왕이 하던 일도 금세 잊고 제 보기 좋을 대로만 행하는구나." 용이 말했다.

소식을 들은 왕은 깜짝 놀랐다. 신하들은 침묵했다. 백성들은 왕의 어리석음을 탓했다. 가을마다 용이 깨어난다는 것과 용이 반짝이는 것을 좋아한다는 것은 다 예견된 일이었는데 어째서 대비를 하지 않았느냐는 것이었다. 어째서 그렇게 많은 사람과 많은 금은보화가 모인 곳을 무방비하게 방치했느냐는 것이었다.

어리석은 왕은 비난을 듣기 싫어했지만 백성들의 원성은 굳게 닫힌 왕궁 문을 넘어올 만큼 컸다. 게다가 무엇보다도 곤란한 점은 옛 왕궁을 구경하던 동쪽 나라의 귀족들과 사신들마저 용의 입김을 맞고 죽었다는 것이었다. 동쪽 나라에서는 왕의 포악한 형을 보호하고 있었다. 동쪽 나라가 어리석은 왕에게 전쟁을 선포한다면, 그리고 백성들이 어리석은 왕에게 반란을 일으키기라도 한다면, 포악한 형은 나라가 어지러운 틈을 타서 돌아올 것이었다. 포악한 형은 백성들을 칼 삼고 동쪽 나라를 방패 삼아 어리석은 왕을 왕좌에서 끌어내리고야 말 것이었다.

왕은 고민 끝에 신하들에게 말했다. "내 묘안이 떠올랐다. 이제부터 온 나라에 애도 기간을 선포하고 노래를 금지하겠노라. 그러면 동쪽 나라에서는 차마 상중인 나라를 침입하지 못할 것이고, 백성들은 시장과 광장에 모이지 못할 테니 반란도 일으키지 못할 것이 아닌가."

신하들은 왕에게 과연 현군(賢君)이라 입을 모았다.

노래가 없는 겨울이 왔다. 그해 겨울 추위는 혹독했고
해가 들지 않아 낮에도 밤처럼 어두웠다. 사람들은 콧노래
라도 흥얼거리다가 발각되면 목이 잘릴 수도 있다는 생각
에 몸을 웅송그리고 침묵했다. 온 나라에 정적이 내려앉
았다.
　옛 도읍에서 목숨을 잃은 혼령들은 슬픔에 잠겨 폐허를
배회했다. 용의 발에 밟혀 짜부라진 혼령들, 용의 날갯짓에
날아가 박살 난 혼령들, 용의 입김에 활활 타 재가 된 혼령
들이 길거리를 걸어 다녔다. 그들은 고통스럽고 황량한 이
승을 떠나고 싶었지만 그럴 수 없었다. 혼령은 스스로 울지
못하기 때문이다. 혼령이 천국으로 가려면 울어서 슬픔을
씻어야 한다. 그리고 혼령은 노래를 들어야만 울 수 있다.
그러나 나라 어디에서도 노래가 들리지 않았기에 혼령들은
울지 못했고, 울지 못했기에 슬픔을 씻지 못했고, 슬픔을
씻지 못했기에 천국에 가지 못했다. 그들은 거대한 슬픔에
잠긴 채 자신이 죽은 자리를 맴돌다가 노래가 들리는 곳을
찾으러 도읍 밖으로 나갔고 도읍 밖에서도 노래가 들리지
않자 서쪽 바닷가로, 동쪽 숲으로, 북쪽 설원으로, 남쪽 초
원으로 향했지만 그 어디에서도 노래가 들리지 않아서 그
들은 울고 싶었지만 울 수 없었고 산 사람들은 아무도 그들

을 볼 수도 없고 그들의 마음을 헤아리지도 못하고 다만 숨
막히는 정적 속에서 안타까이 죽은 이들을 위해 울고 또 울
었다.

"소중한 이들이 우는 것을 보니 더욱 견디기 힘들구나.
차라리 우리 소중한 이들이 없는 곳으로 가자."

혼령들은 그렇게 정하고 새 도읍의 새 왕궁으로 몰려갔다.

새 왕궁에 가까워지자 뜻밖의 일이 일어났다. 왕궁 안에
서 노랫소리가 새어 나오는 것이었다. 왕이 온 나라에 노래
를 금지했다고 했는데 어떻게 왕궁에서 노랫소리가 들릴 수
있는지 이해가 되지 않았지만, 애초에 그들의 죽음부터가
이해되지 않는 것이었기에 혼령들은 생각을 그만두고 왕궁
으로 향했다.

왕궁은 흰 눈밭 위에 수많은 담장으로 겹겹이 둘러싸여
있었다. 왕궁 뒤 펼쳐진 참나무 숲은 겨울을 맞아 앙상했지
만 감람석과 녹주석으로 된 왕궁 벽은 겨울에도 짙푸른 녹
음을 펼쳤고, 지붕에 박힌 산호는 꽃송이 같았고, 석영과
대리석으로 된 기둥은 별빛을 반사해 하늘과 땅이 뒤바뀐
듯 보였으며, 금과 은으로 된 창틀 안에서는 금색과 은색의
불빛들이 일렁거렸다. 그 불빛들과 함께 누군가의 노랫소
리가 선명하게 흘러나왔다. 깊고 청아하여 이 세상의 소리
같지 않은 음색이었다. 혼령들은 그 소리가 나는 곳으로 이
끌려 들어갔다.

넓은 방 안에 왕과 귀족들이 둘러앉아 먹고 마시고 있었다. 그리고 방 한편에는 악공들이 앉아 있었고, 그 앞에 기녀 한 사람이 서 있었다. 흑단 같은 머리를 틀어 올리고 밤바다 같은 드레스 자락을 발치에 드리운 기녀는 석류 같은 입술을 벌리고 노래를 부르고 있었다. 기녀는 왕 앞에서 단 한 번 노래할 수 있는 영광을 위해 평생을 연습해온 사람이었다. 이제 기녀는 꿈을 이루고 있었는데 그 사실을 믿을 수 없었고 그래서 꿈을 꾸는 듯했다. 기녀는 태어나서 처음이자 마지막으로 우는 새처럼 혼신의 힘을 다해 노래했고 그 시간은 영원이면서도 찰나였다.

그러나 왕은 그 시간을 음미하지 않았다. 왕은 먹고 마시고 떠드느라 바빴다. 그 시간이 영원이면서도 찰나임을 아는 것은 혼령들이었다. 방 안 가득 모인 혼령들이 기녀의 노래를 듣자 그들의 눈에서 눈물이 떨어지기 시작했다. 한 방울 한 방울씩 떨어지던 눈물이 빗줄기처럼, 냇물처럼, 폭포처럼 흘렀다. 눈물과 함께 혼령들의 가슴속에서 슬픔이 모래처럼 씻겨 나갔다. 눈물은 방 안을 가득히 채우고 채우다 못해 넘쳤고 눈물은 창밖으로, 담장 밖으로 쏟아져 나가 눈밭을 적셨다.

눈물과 눈물이 떠올라 하늘로 증발할 때 혼령들도 가벼이, 가벼이 날아올랐다.

봄이 왔다. 눈이 녹고 새가 울고 꽃이 피었으므로 왕은 더 이상 애도 기간을 연장할 핑계가 없다는 것을 알았다. 그리하여 이제는 폐허가 된 옛 도읍을 재건하는 것을 빌미로 백성들을 징발하였다.

한편 동쪽 나라에 있던 포악한 형은 어리석은 왕이 반란을 다스리는 데 모든 병력을 동원하고 있다는 것을 알았다. 어리석은 왕은 국경을 활짝 열어두고 있었다.

그리하여 포악한 형은 말을 타고 깃발을 들고 병사들을 대동하고서 서쪽으로 향했다.

아밀 소설가이자 번역가, 에세이스트. '아밀'이라는 필명으로 소설을 발표하고, '김지현'이라는 본명으로 영미문학 번역가로 활동하고 있다. 단편소설 〈반드시 만화가만을 원해라〉로 대산청소년문학상 동상을 수상했으며, 단편소설 〈로드킬〉로 2018 SF어워드 중·단편소설 부문 우수상을, 중편소설 〈라비〉로 2020 SF어워드 중·단편소설 부문 대상을 수상했다. 소설집 《로드킬》, 장편소설 《너라는 이름의 숲》, 산문집 《사랑, 편지》와 《생강빵과 진저브레드》 등을 썼으며, 《조반니의 방》《프랭키스슈타인》《인센디어리스》《그날 저녁의 불편함》《끝내주는 괴물들》 등을 우리말로 옮겼다.

처음에는 될
프린세스가
예정이었다

김인정

!
〈프린세스 메이커 2〉를 작품의 배경으로 삼고 있으며,
공식과는 어떤 관련도 없습니다.

"젠장."

좋은 목소리였다. 은방울이 굴러가는 것 같은. 무언가를 설명하면 귀에 쏙쏙 들어올 것 같은. 과연 요즘 왕국을 떠들썩하게 만든 무도회의 우승자이자, 각종 고난이도 근무처들의 희망, 각종 사교계 강사들의 물주…… 아니 총애받는 학생다운 신뢰감 가는 목소리. 그러나 그 어조와 내용물이 극히 놀라웠기에 큐브는 청소하던 손을 멈췄다.

설마, 꿈인가?

"뭐라고 하셨어요. 아가씨?"

"젠장. 망했다고 했어. 큐브."

맙소사. 꿈이 아니었다. 귀한 아가씨 입에서 젠장이라니.

큐브는 울고 싶은 심정으로 아가씨 앞에 앉았다.

"왜 그런 말투를 쓰시는 거예요? 아가씨!"

"말투가 뭐! 지금 그게 중요해? 큐브. 난 지금 열일곱 살이라고."

"네. 구국의 영웅이며 마왕을 퇴치한 용사님은 우리 주인님! …의 무남독녀 외동 따님이신 우리 아가씨. 아가씨께선지금 열일곱 살 이 개월 되셨죠. 그게 뭐 어쨌는데요?"

"망했다고!"

용사의 양녀이자 천계에서 용사에게 특별히 내려보낸 귀하디귀한 아가씨가 더없이 방만한 자세로 주저앉아 있다가. 역시 조심성이라곤 하나도 없는 불량한 동작으로 벌떡일어났다. 요즘 유행하는 얇고도 짧은 여름 튜닉 덕분에 가슴팍이 훤히 들여다보였으므로 큐브는 아주 잠깐이지만 얼굴을 붉혔다.

"큐브, 너는 산전수전 다 겪은 고위 마족 주제에 가슴 좀보였다고 뭐가 그렇게 부끄러워?"

"그 산전수전을 마계에서만 겪어서요."

"쯧. 악마들은 육욕 정돈 가지고 놀 거라고 생각했는데."

"가지고 놀긴 가지고 노는데, 그게…… 아무튼 아가씨. 대체 뭐가 망했다는 거예요?"

"난 열일곱 살 이 개월이 됐어. 문제는 올해 수확제가 어제 끝났고 난 겨우 무도회의 첫 금상을 손에 넣었으며 내년

수확제 따윈 없는 거나 마찬가지라는 거야. 지금 계산해봤는데, 나는 수확제 직전에 열여덟 살이 되더라고."

아가씨는 한탄하며 큐브의 손에서 식기를 낚아채, 자신이 설렁설렁 닦기 시작했다. 큐브는 곁눈질로 스케줄을 확인했다. 그러고 보니 가사일을 함께 하기로 배정된 시간이었다. 잔소리를 퍼부으며 애걸복걸 등 떠밀기 전에 먼저 일정에 맞춰 움직이다니. 다행히도 아가씨의 감수성과 성품, 도덕심은 그럭저럭 균형을 이룬 상태인 듯했다.

다행이다.

큐브는 바로 얼마 전까지 아가씨의 드높은 감수성 덕에 겪어야만 했던, 무수한 가출과 반항과 태업을 떠올렸다. 기억을 되새기는 것만으로도 아찔해졌다.

"프린세스가 되는 건 벌써 글렀어."

한 번 닦아낸 식기를 건네며 아가씨가 말했다. 큐브는 접시와 소서와 잔이 한 벌로 이루어진 식기를 마른 수건으로 차례차례 닦았다. 은식기는 아니다. 그러나 그럭저럭 쓸 만하다. 사실 이 집의 모든 것이 그랬다. 세상을 구한 용사라는 것은 구름 같은 명성에 불과해서, 이 집의 주인은 별로 가진 게 없었고 매사가 소박했다.

"왜 그러세요, 아가씨. 아직 미래는 모르는 거라고요."

"글렀어, 글렀어. 애초에 프린세스는 가출 같은 것도 안한다고."

"그럼 가출을 하지 말지 그러셨어요. 아가씨."

"안 하고 싶었어. 하지만 참을 수 없었는걸."

"그럼 후회를 하지 마세요."

"후회도 안 할 수가 없다고. 하…… 난 프린세스가 목표 잖아?"

"음, 그렇죠?"

"프린세스가 되기 위해 천계에서 내려온 거 아냐? 그런데 대체 난 왜 이 모양 이 꼴인 거야?"

"이 꼴이라뇨? 아가씨 어디가 어떤데요! 아가씬 기품 있고 아름다운 분이세요."

그 말에 아가씨가 설거지하던 손을 멈췄다. 그리고 큐브 쪽을 바라보며, 그가 눈을 마주치기를 기다려 싱긋 웃었다. 아가씨는 인기가 많았다. 말쑥하게 차려입은 마족 집사가 노크 소리에 놀라 나가 보면, 아가씨를 위해 준비한 꽃다발과 함께 낯선 남자가 서 있곤 했다.

"나도 알아. 무도회에서 우승도 했으니까…… 가 아닌가? 으음, 그건 혹시 인맥 덕이려나?"

"에이, 인맥만으로는 우승할 수 없어요."

"그치?"

일을 마친 아가씨가 앞치마에 손을 툭툭 털어 닦았다. 그러고는 영차 소리를 내며 벽에 기대 놓은 검을 가져왔다. 대단히 고급 검이었지만 이 집에선 심상한 물건이었다.

"어휴, 이놈의 건 국왕 폐하가 주신 거라 팔지도 못하고. 감자나 썰어야지."

아가씨가 투덜거리며 국왕 폐하의 검으로 감자를 잘랐다.

"아버지의 교육은 프린세스가 되기엔 어중간했어. 무투대회 우승을 노린 건 좋은데 실패하는 바람에 작년에 겨우 두 번째 우승을 했잖아? 하긴 아예 열네 살까진 어디에서도 우승을 못 했지. 아무리 생각해봐도 난 좀 애매한 능력만 가진 거 같아. 무투대회 때문에 무사수행을 다니느라 업보까지 이만큼 쌓여서는."

"아가씨, 업보 같은 거 돈만 내면 뚝딱이에요. 걱정 마세요."

큐브가 재빨리 달랬다. 아가씨는 키득키득 웃었다.

"그건 그래. ……하지만 실은 말이야, 그 무사수행이라는 거 꽤 재미있었어. 여러 번 죽을 뻔했지만 별로 무섭지 않았거든. 가끔은 걷다 걷다 지쳐서, 길에 푹 쓰러지고 싶은 거야. 아, 차라리 져버릴까 그럼 큐브가 데리러 오겠지 하고 생각하곤 했다니까?"

"어! 아가씨 설마 일부러 진 거 아니죠?"

"글쎄."

"아가씨!"

"아니야. 아니야. 일부러 지긴. 현상범도 잡았는걸. 요정을 만나기도 하고……."

"전 요정 싫어요."

"어라, 왜? 마족이라서?"

"왜 거기서 눈을 빛내세요? 전 그냥 아가씨가 요정을 만나고 돌아오신 후에 가출하셔서 그 녀석들이 원망스러운 거예요. 주인님하고 저하고 얼마나 놀랐게요."

"미안."

"어쩔 수 없죠, 뭐. 지나간 일인걸요."

"마족들은 다 그래? 지나간 일이니까 인간의 왕국을 멸망 직전까지 몰고 갔어도, 이젠 뭐 아무렇지도 않은가?"

"글쎄요. 인간만큼 빨리 다 잊는 종족이 또 있을까요."

"인간은 빨리 죽으니까."

"그건 핑계가 못 되네요."

"하긴 그래."

아가씨는 이제 감자 껍질을 잘 벗겼고, 능숙한 솜씨로 썰어낼 줄도 알았다. 재작년의 아가씨는 감자 껍질을 벗길 줄 몰랐다. 더 어린 아가씨일 때는 감자가 뭔지도 잘 몰랐다. 큐브는 초롱초롱하던 그녀의 눈동자와, 사소한 일 하나에도 연신 터져 나오던 환호성과, 때로는 눈물이 그렁그렁한 채 이를 악물던 옆얼굴을 떠올리곤 했다.

신은 왜 용사에게 여자아이를 주었을까?

'어쩌면 신도 확인하고 싶었던 걸까.'

그런 생각을 할 때면 큐브는 공범 의식이나, 함께 같은 것을 지켜본다는 동질감보다는 오히려 자신이 인간과 닮아

버린 건가 하는 의구심이 들었다. 지하 세계의 광물로 만든 검을 들고 표정 없이 생물의 목숨을 거두던 시절의 큐브와, 단정한 집사 복장을 걸친 채 아가씨의 언동 하나에 일희일비하는 지금의 큐브는 누가 봐도 다른 생물처럼 보일 터였으므로.

신은 왜 용사에게 여자아이를 내렸을까.

큐브는 왜 집사를 자처해 용사의 곁으로 왔을까.

말하자면, 이 모든 것은 일종의 의식일지도 몰랐다.

말하자면, 이 모든 것은 바로 그날의 어둡고 우울한 하늘 아래 큐브가 얼핏 들은 어떤 '응답'의 연장선에 있는 것일지도 몰랐다.

"그러고 보면."

아가씨는 삐뚤삐뚤 감자를 깎아, 남은 속살보다 껍질 쪽이 더 양이 많던 시절이 거짓말 같을 정도로 매끄럽게 움직였다. 나름 편안한 자세로 척 다리를 꼬고 앉아선, 더러운 앞치마 위로 떨어진 감자 껍질을 맨손으로 양동이에 털어 넣기도 했다. 이럴 때의 아가씨는 어디를 봐도 이 세계의 인간. 하계의 평범한 인간 소녀였다.

큐브는 웃으며 아가씨의 뒷말을 기다렸다.

"그러고 보면 무신을 만났을 때 말이야. 결국 작년엔 져버렸지만, 만약 이겼다면 뭘 봤을까? 그 너머에 분명히 길이 있었어."

"보고 싶으세요?"

"보고 싶기도 하고 안 보고 싶기도 해. 지금이라면 이길 수 있을지도 모르지만……."

"더 업보를 쌓으면 안 되신다면서요."

"잘 피할 수 있거든. 네 말마따나 두둑하게 헌금하면 …… 아, 젠장! 우리 집은 왜 이렇게 가난한 거야? 아버지 더러 세계를 구한 용사라고 칭송만 하면서! 말뿐이고 비겁하다!"

"헉! 아가씨, 그러니까 그런 말투는……."

"청년 무관이라는 그 수상하지만 뭔가 있어 보이는 남자를 만나는 것도 두 해나 건너뛰었고!"

"그 시기에 앓아눕거나 가출을 하셨잖아요."

"으으! 어릴 땐 좀 비실거렸지! 농장 일 몇 번에 앓아눕고 말이야. 그때의 나는 그야말로 병약 미소녀! 하지만 지금이라면 날아다니니까."

아가씨가 힘을 주며 팔을 들어 보였다. 탄탄한 근육이 붙은 맨 팔에 음식 소스며 거품이 묻어 있었다. 큐브는 웃음을 터뜨렸다.

아아, 정말로 이제 일 년도 남지 않았다.

그녀는 해가 바뀌어 여름이 오면 열여덟 살이 되어 버린다.

"어때? 큐브. 나 차라리, 귀비를 노릴까? 프린세스는 글러 먹었고."

국왕은 나이가 들었다. 전쟁으로 여러 자식을 잃고 남은 막내조차 아가씨보다는 연상이었다. 마왕이 이끄는 지하군의 장수 노릇을 할 때 빈약하게 펄럭이던 왕국의 깃발이며 당장 무너질 듯 홀로 지평선 앞에 서 있던 성벽을 떠올릴 때면, 큐브는 기분이 이상해졌다.

심장 언저리가 요동치는 듯한 그런 기분.

'겨우 이런 왕국을 위해.'

그는 생각했고,

'겨우 이런 것이기 때문에.'

고쳐 중얼거렸다.

"……아가씨. 그래도 귀비는 좀 아니에요."

"그치? 나이가 너무 많은 건 둘째 치고, 아직은 국왕 폐하를 존경하니까 그대로 남겨두고 싶다고 할까나? 아빠가 그러셨는데, 남편은 끝내 존경하기 어렵다는 거야. 손에 닿으니까."

"주인님도 참 이상한 말씀을 하시고."

"손에 안 닿아야 존경할 수 있다면 별이나 달이나 신 같은 것만 존경할 수 있을 텐데. ……아, 하지만 알 것 같아."

"뭘요?"

"사람들은 아빠가 손에 닿으니까, 별로 존경하지 않는 거잖아. 만약에 아빠가 마왕군을 물리치고 하늘의 별이 되었다면, 커다란 동상을 세우고 매년 아빠를 우러러보았을걸? 하지만 곁에 있으니까. 매일 거리를 걷고 밥을 먹고 낡아빠진 겉옷을 햇볕에 털기도 하니까 다들 아빠를 떠올리지 않는 거지."

"그런 게 아니에요. 주인님은 그저 욕심이 없으신 거랍니다."

인간은 쉽게 변하지 않는다.

아니, 한 번도 변하지 않았다.

천제가 진노하여 지하군을 보내 토벌을 명하였을 때의 인간들과 지금 번성하는 인간들은 결국 똑같다.

"큐브, 자꾸 딴생각할래? 이거 화덕에 넣어뒀으니까 잘 봐. 난 이제 다음 일정 가야 하니까."

"네. 아가씨. 걱정 마세요."

"걱정은 안 하지! ……근데, 큐브. 사막지대에서 본 그 용은 어때? 종족은 다르지만 어떻게 잘 꾀면."

"프린세스가 될 가능성이 희박하다고 해서 자포자기하시면 안 돼요. 아가씨."

"청혼하러 와주면 좋을 텐데."

"엑! 용인데요!"

"용인 게 뭐 어때서. 드래곤 프린세스도 괜찮지 않아?"

"그러다 진짜로 청혼하러 오면 어떡해요? 승낙하실 거예요? 주인님은 분명 싫어하실걸요?"

"어머나! 큐브, 질투해?"

"안 하거든요!"

"아, 너무해. 그래도 말이야. 내가 없어지면 쓸쓸해할 거지? 응?"

"네. 네. 쓸쓸하겠죠. 그야. 주인님이 말이에요!"

"어머."

농을 걸어오다가 아가씨는 허를 찔린 듯이 반대쪽 벽을 지그시 쳐다보았다. 나란히 걸린 주방 도구들 사이 어딘가를. 그러고는 고개를 돌려, 씨익 웃었다.

"……그렇구나. 아빠가."

가사일을 마치고 그렇게나 어른스러운 얼굴로 다녀올게, 하고 가정교사 아르바이트를 간 아가씨였는데. 그런데.

정말로 그런데, 였다.

어떻게 아가씨가 나한테 이럴 수가!

라고 큐브는 생각하고 말았다.

"미안, 큐브! 그만 나도 모르게!"

나가는 아가씨의 뒷모습을 보면서 '이제 일 년도 안 남았다니' 하고 조금이나마 찡했던 것이 억울할 정도였다. 이 천방지축 아가씨는 자유행동 휴가를 얻자마자 뒷골목 양아치와 어울려 놀고 돌아왔던 것이다. 어두컴컴한 골목을 누비며 비밀주점 아르바이트로 단련된 주량을 자랑하던 아가씨를 찾아낸 것도, 데려온 것도, 결국 큐브였다. 한숨을 푹

내쉬다 못해 조금 절망한 것처럼 보이는 집사 앞에서 아가씨는 풍성하게 기른 다갈색 머리카락을 마구 뒤섞었다.

"미안하다니까? 아아아, 대체 어디서 또 감수성이······ 아니 도덕성이 문제이려나?"

"말로만 미안하다, 미안하다. 아가씨 정말 이러실 거예요? 또 계속 가사일만 해보실래요?"

"뭘 가르치려면 또 아르바이트해야 하니까, 그럴 수 없을 걸? 아빠 연금만으로는 우리 셋이 먹고 살 수가 없어."

"전 빼주세요."

"그래 그럼 나랑 아빠. 큐브만 살고 인간 둘은 굶어 죽는다구."

"제가."

제가 돈을 마련해 드릴까요?

그렇게 말하는 대신, 큐브는 입을 다물었다. 애초에 자신이 정한 규칙이 있었다.

'용사의 가사일을 착실히 돌보고 천제가 보낸 여자아이를 조용히 지켜본다.'라는.

'그 외에 어떤 것도 하지 않는다.'라는.

"이러다간 또 힘든 아르바이트를 연달아 해야 할지도 몰라. 공부할 돈이 없거든."

"아가씨는 지금도 훌륭하니까 더 배울 필요도 없다고 생각해요."

"큐브의 말은 고맙지만, 수치로 분명하게 보이니까."

용사는 적은 연금 외에는 어떤 것도 받지 않았다. 세상은 어느새 마왕 같은 건 잊어버린 듯 천연덕스럽게 번화하였다. 그 거대하고 절망적인 전쟁에 참가했던 큐브조차 그때의 일이 마치 거짓처럼 느껴질 정도였다.

— 내가 졌다. 용사여, 너는 왜 싸우는 것인가?

이를테면.

'이를테면 아가씨는 그때의 질문에 대한 긴 응답 같은 것일 거다.'

큐브는 다음 달의 스케줄 표를 받아 들었다.

용사는 딸을 교육기관에 보내는 것을 포기한 대신 위험한 아르바이트를 연달아 시키는 것도 포기한 듯 보였다. 적어도 그다음 한 달은.

"나 자신의 감수성과 사투를 벌이고 있어."

아가씨는 근엄하게 선언했다. 그 선언이 유효했던 걸까. 아가씨는 무사수행 같은 건 은퇴하고 기품과 매력을 올리는 데 한참 치중해 왔지만, 그러는 사이 밸런스가 깨졌던지 감수성이 끝 모르고 치솟고 도덕심이 반 토막 났다. 반쯤 그 결과에 자포자기한 것인지 아니면 일 년도 안 남았다는 사실에 느슨해진 건지 몰라도, 용사는 딸과 함께 가을 산을 보러 다녀와선 오랜만에 무사수행을 보내주겠다고 했다.

"아악, 또 업보 쌓이겠네!"

"아가씨, 업보 같은 거 돈만 내면 뚝딱이에요. 걱정 마세요."

"그 돈이란 게 없잖아!"

아가씨는 씩 웃었다.

이 아가씨는 역시 무사수행 쪽이 성미에 맞는 모양이었다. 큐브는 고삐 풀린 말처럼 신나서 펄쩍펄쩍 뛰어 보는 그녀를 바라보았다.

"그런 표정 짓지 마, 큐브. 보물 상자 털어 올게."

그런 표정?

큐브는 고개를 갸웃거렸다.

"그나저나 산 소풍에 이어 또 산이야."

큐브는 여느 때처럼 아가씨의 모습을 지켜보았다. 설원 지대의 험준한 비탈을 밟아 오르며, 그녀는 중얼거리고 있었다. 감수성 풍부하고 다혈질에 묘하게 흉포한 점이 용사를 닮은 그 소녀가, 용사가 어둠에 뒤덮인 왕국의 멸망 앞에서 지었던 것 같은 표정으로 한 발 한 발 걸어 나갔다.

— 큐브, 큐브는 왜 아빠를 모시게 됐어?

아가씨는 가끔 물었다.

하긴 누가 봐도 이상한 광경이었을 지도 모른다. 그러나 큐브 자신이 생각하기에는, 마족 집사란 '이 집'에 한해서는 굉장히 균형이 잘 맞는 존재였다.

천계에서 온 작은 소녀와,

인간의 세계를 구원한 용사와,

그리고 마왕군을 떠난 집사.

더할 나위 없지 않은가.

그는 본디 지하군에서 높은 지위를 누리던 고위 마족이었다. 아가씨는 서쪽 사막지대에 나가 악마와 마주치는 일을 썩 유쾌하게 생각하지 않는 듯했으므로 큐브는 자신의 과거 이야기를 상세하게 털어놓을 필요를 느끼지 못했다. 오히려, 아가씨는 가끔 큐브가 마족이란 걸 잊은 양 '악마 따위 성가셨다'고 투덜거리는 편이었다.

머지않은 옛날.

지나치게 익은 과일이 썩어 뭉그러지듯 인간의 왕국은 나태와 죄악에 물들었다.

하늘은 진노했고, 천제는 마왕을 불러 인간을 벌하라 명했다 전한다.

마왕은 지하군을 이끌고 인간을 토벌했다. 그야말로 상한 과일이 매달린 가지를 꺾어 나가듯 손쉽게, 검은 빛났고 창날은 살을 꿰뚫었으며 강들은 피로 물들었다. 어느 보름밤, 이제 성이 붕괴하는 것만 남았을 때 큐브는 그 사람을 처음 보았다.

훗날 용사라고 불리게 될 남자.

그때는 그저 떠돌이 검사에 불과했던, 지금껏 죽어 넘어진 인간들과 별반 다르지 않은 사람이었다. 보초들의 눈을 피해 어떻게 마족의 본진까지 들어온 걸까. 겨우 인간 주제에. 큐브는 그렇게 생각했다. 지루하기 짝이 없는 일방적인 살육에 질린 탓일까, 아니면 마족의 본성이 본디 그러한 잔혹에 익숙하여 대상이 동족이든 아니든 관계없었던 탓일까.

여하간에 그는 그때 몹시 단순한 흥미를 느꼈다.

그래서 큐브는 그 용사가 지나는 길을 방해하지 않았다.

용사는 몇 번이나 무너질 듯 일어서면서 마지막 남은 경비들을 꺾었고, 놀랍게도 마왕 앞에 단신으로 섰다.

검 두 자루가 맞부딪쳤다.

검과 검이 일으키는 불꽃이 세계 전부를 뒤덮은 겁화보다 뜨겁게 느껴졌다. 지하군은 침묵했고 인간들은 두려움 속에 숨을 죽였다. 흐르는 피는 멈추지 않았고 불길은 맹렬하게 질주했다. 바람이 부는 방향으로 폐허는 세를 넓혔다.

그리고 그 멸망의 코앞에서,

마왕이 패배했다.

큐브는 자신의 군주이자 지하군의 수장인 마왕이 오묘한 표정을 짓는 걸 똑똑히 지켜보았다. 마왕은 어쩌면 천계의 뜻을 묻고 싶은 것일지도 몰랐다. 진노하여 멸망을 명해놓고는 갑자기 마음이 바뀌기라도 한 양, 인간들에게 다시 한번 기회를 주려는 그 알량한 천계의 자비가 가소롭게 느껴졌던 것일지도.

그럴지도 몰랐다.

그러나 답할 리 없는 하늘에 묻는 대신 마왕은 연약하기 짝이 없는 인간, 용사라는 이름을 내건 그 선량한 사내 한 사람에게 물었다.

— 내가 졌다. 용사여, 너는 왜 싸우는 것인가? 성이 함락되는 것은 하늘의 뜻. 너와는 관계가 없지 않은가? 그저 우둔한 자들이 소멸하는 것일 뿐.*

그 질문에 용사가 어떤 대답을 하였는지는 알려지지 않았다.

마왕이 듣고, 죽은 악마들이 듣고, 인간과 악마의 피로 물든 대지가 듣고, 언제나 제멋대로인 하늘의 신들이 들었다.

그리고 기둥 뒤에 몸을 감춘 큐브가 들었다.

누구 한 사람 입을 열지 않았으므로 용사의 대답은 불길을 밀어내는 바람처럼 사라졌다.

별이 아름답던 어느 밤, 긴 꼬리를 매단 유성이 용사를 향해 여자아이를 데려왔을 때 큐브는 깨달았다. 하늘도, 땅도, 지하의 거대한 왕도, 용사의 응답에 귀 기울이고 있음을.

그날로부터 한 명의 소녀를 통해, 용사는 긴 응답을 지속하고 있음을.

"……브, 큐브!"

---

* 만트라 판 프린세스 메이커 오프닝 대사 인용

큐브는 상념을 깨뜨리는 목소리에 자리에서 미끄러졌다. 용사가 딱하다는 듯 혀를 차며 큐브의 어깨를 두드렸다.

"지, 지금 가겠습니다! 아가씨!"

눈에 파묻힌 채 아가씨는 축 늘어져 있었다. 무신을 거의 꺾을 만큼 강한 그녀였지만 피로가 쌓였든지 아니면 방심했던 모양이었다. 큐브는 딴생각을 하느라 그녀가 다치는 순간을 놓쳤다는 사실에 땀을 삘삘 흘릴 만큼 당황했다.

"눈에 묻혀 얼어 죽는 줄 알았네. 큐브, 늦었잖아!"

"죄송해요, 아가씨."

"괜찮아. 나도 이렇게 빨리 다리가 부러질 줄은 몰랐거든. 제대로 뛰어내렸는데, 그 직후에 은늑대를 만날 줄은 몰랐어."

"은늑대 정도는 가뿐하시잖아요."

"그 바로 직전에 전투를 몇 번 치렀더니…… 아, 보내줬어야 하는데 말이야. 욕심부렸지, 뭐야? 은늑대 가죽을 팔 수 있다는 생각에."

"엑! 그런 자세로 마구 사냥한 거예요? 아가씨 업보 엄청 쌓인다구요."

"이미 버린…… 아니 업보 쌓인 몸이니까. 돈으로 그걸 좀 어떻게."

"아가씨……."

"돈으로 뚝딱! 이라고 한 건 너였잖아, 큐브."

"저였지만 정도라는 게 있다구요."

다친 몸으로 돌아온 아가씨는 새끼 새처럼 응석을 부렸다. 그렇게 며칠. 남은 일정을 보란 듯이 침대에 누워 보내더니 다음 일정으로 주어진 자유행동 때는 멋대로 '선물'이라면서 소품을 사 왔다.

큐브는 용사의 눈치를 살폈다.

그는 딸이 제멋대로 행동하는 데 질린 것 같았지만, 결국엔 '어쩔 수 없는 애'라며 웃었다. 가출을 해도, 기껏 돈을 들여 얻은 기술을 깎아 먹어도, 앓아눕거나 심한 말을 퍼부어도, 용사는 결국엔 '어쩔 수 없는 애라니까'라고 중얼거렸다.

다치고, 실패하고, 생각만큼 잘 되지 않았다.

아이는 살이 쪘고, 멋대로 떠들었고, 몰래 도망을 쳤으며, 한 점 쓸모도 없는 사내들과 어울리기도 했다.

다른 대회에 나가야 한다고 고집을 부리고, 잘난 척하고, 속상해하고, 그리고 아주 자주 주저앉았다.

하늘이 내렸어도 아가씨는 그저 인간 아이였다. 용사의 딸이어도 아가씨는 그저 평범한 여자아이였다.

큐브는 긴 응답을 들었다.

듣고 있었다.

— 용사여, 너는 왜 싸우는 것인가?

용사는 답했다.

"……망했어. 젠장, 망했어."

"아가씨 또 왜 그러시는데요? 그리고요, 그런 말투 쓰지 마시라니까요."

"망한 걸 망했다고 하지 뭐라고 해? 큐브, 봐봐. 이제 해가 바뀌었잖아? 몇 달 후면 내가 열여덟 살이 된단 말이야. 프린세스 물 건너갔어. 끝장이라니까?"

"아가씨 제발 그 말투……."

"너는 고위 마족이었다는 애가 욕도 안 했는데 겨우 이런 말투 가지고 그래? 너 요즘 젊은 애를 안 만나보고 집에서 아빠하고 틀어박혀 있으니까 그러는 거잖아."

"저도 나름대로 바쁘거든요?"

"누가 안 바쁜대? 내일모레 자유행동일 때 같이 놀아줄까? 내가 요즘 노는 애들 소개해줄게."

"아가씨 꿈 깨세요. 자유행동이고 뭐고 없이 당분간은 집안일 시키실 거랬어요. 주인님이."

"우와! 진짜? 아빠 완전 치사해! 세상에 나 그럼 노는 시간도 없어? 진짜? 나 앓아누울 거야. 큐브 네가 가서 말 좀 해줘. 이대로라면 아가씨의 스트레스 수치가 위험하다고."

"먹을 걸로 처리하신 댔어요."

"찐 살은!"

"여름 내내 바다에서 살 준비하세요."

"돈은!"

"그건…… 음……."

"국왕 폐하의 검 쳐다보는 거 그만둬, 큐브. 지난번에도 눈 딱 감고 팔아넘겼다가 한 번 철창신세 졌잖아."

"어휴, 국왕이 뭐라고 저걸 못 팔게 하는지 모르겠다니까요."

"그치? 그치? 큐브도 그렇게 생각하지! 치사하게 한 번 줬으면 끝인 거지 시시콜콜 감시나 하고 말이야!"

인간은 달라지지 않는다.

아니, 인간은 언제나 그대로였다.

방만하고, 오만하고, 연약하다.

쉽게 죽듯 쉽게 태어나고, 쉽게 주저앉듯 쉽게 일어선다.

무너진 성벽은 금세 다시 섰고 인간은 전과 같이 교활하고, 대범하고, 그리고 하늘의 뜻 따위는 잊어버렸다. 하늘도 땅도 두려워하지 않는 양 그들은 무수히 번성하였다. 큐브는 피에 물들어 풀뿌리 하나 남지 않았던 대지를 떠올리며 창밖을 내다보았다. 반듯한 돌이 깔린 거리와 오가는 사람들. 웃으며 서로를 향해 손을 흔드는 모습 너머로 노을이 졌다.

찢어져 펄럭이던 왕국의 문장은 위풍당당하게 나부끼고 병사들은 으스대며 걸어갔다.

아가씨는 프린세스가 되고 싶어 했지만 어쩌면 그 목표를 이루지 못할지도 몰랐다. 용사는 그녀가 가출하고, 앓아

높고, 평판을 떨어뜨리기 시작했을 때 그것을 벌써 깨달았던 것 같았다. 땀을 흘리며 돈을 벌어오고 무사수행을 나가 몬스터들에게 패배하고, 앓아누워 며칠 동안을 허비하며 아가씨는 자랐다.

더는 천계의 순수한 존재가 아닌, 평범한 인간 여성으로.

수확제에 잔뜩 설레며 출전해 등수 안에 들지도 못했을 때 눈물을 쏟고, 금상을 확신하던 작품으로 3위를 하고, 이길 줄 알았던 상대에게 패배하면서 그녀는 자랐다.

살았다.

— 그저 우둔한 자들이 소멸하는 것일 뿐이거늘. 용사여. 저 풍요에 젖어 간교하며, 저 위세를 누리며 천박한 인간들을 위해 그대는 왜 싸우는 것인가?

그는 답했다.

— 살기를 바란다.

라고.

이 비천한,

이 잔혹한,

이 어리석은,

그러나 경이로운 생명을 누리기를 바란다고.

천제는 물었다.

'과연 그러한가?'

지하의 마왕은 냉소하였다.

'과연 그러할 것인가?'

인간은 잊었다.

용사는 소녀를 거두어들였고 그리하여.

"……와, 빨래 다 찢어진 거 보여? 큐브. 나 팔 힘이 너무 센가?"

"무투대회 우승자인데 어련하시려고요. 연약한 저 대신 이것도 마저 해주세요."

"어머, 아무리 그래도 내가 마족보다 세다고? 마족 그렇게 약하니?"

"진군하다가 용사 한 사람에게 막혀 후퇴했잖아요."

큐브는 어깨를 으쓱거렸다. 아가씨는 제 쪽에서 부끄러운 듯 얼굴을 붉혔다.

"그게 우리 아빠야."

자랑스러운 듯이 웃는 그 얼굴을 큐브는 언제나처럼 지켜보았다. 소녀의 아홉 살이. 열 살이. 열 한 살이…… 여덟 해가 그 웃는 얼굴 안에 다 있었다.

"그래요. 그게 주인님이세요."

큐브는 때때로 생각했다.

'겨우 이런 것을 위해.'

그리고 이내 고쳐 생각하지 않을 수 없었다.

'바로 이런 것이기 때문에.'

"아, 진짜 프린세스는 물 건너갔거든."

"계속 그렇게 불평하실 거면 다른 거 뭐 장래 희망 없으세요?"

"프린세스!"

"그럼 가출부터 안 하셨어야 한다니까요."

"하…… 그러면 큐브. 나한테 좋은 생각 하나 있는데."

"뭔데요?"

"화 안 낸다고 약속해. 아빠한테도 비밀."

"약속할게요."

"있잖아, 큐브. 사막지대에 갔을 때 마왕을 만났을 때 생각한 건데."

"혹시 아가씨, 마왕과 손잡으시려는 건 아니죠? 전 절대 반대예요. 전 아가씨를 그렇게 키우지 않았어요!"

"너도 마족이면서 뭘…… 이 아니라, 마왕은 내 취향 아니거든. 내가 결혼할까? 한 건 큐브야."

"네. 그럼 다행이…… 지…… 네? 응? 네에에에에? 아가씨!"

"큐브, 있지. 나랑 결혼해서 마왕을 꺾어 주지 않을래? 여기선 망했지만 마계 프린세스는 될 수도 있을 거 같아!"

"아가씨! 제가! 세간 팔아볼 테니까! 당장! 업보 깎으러 가요! 당장!"

— 어느 때고 부모의 응답은 아이이게 마련이므로.

그 조용한 목소리가 언제고 큐브의 머릿속을 맴돌았다.

— 살기를 바란다.

다만 살기를.

별것 아닌 삶을. 때로는 후회스럽고 혹은 진정으로 치졸하여 그 어떤 가치도 없는 듯 보인다 하여도 바로 그 시시한 삶을, 끝내 살아가기를 바란다.

천제는 물었다.

'과연 그러한가?'

지하의 마왕은 냉소하였다.

'과연 그러할 것인가?'

인간은 잊었다.

용사는 소녀를 거두어들였고 그리하여,

그리하여 그날로부터 긴 응답이 시작되었다.

김인정 《화조풍월》로 제3회 황금드래곤 문학상 장편 부문 본심상 수상. 환상문학 웹진 거울에서 독자 우수 단편에 선정된 후 필진으로 합류하여 '미로냥'이라는 필명으로 작품 활동을 이어 왔다. 동양적, 서정적 세계관을 바탕으로 한 환상소설과 로맨스를 사랑한다. 단편집 《홀연》과 또다른 필명으로 낸 여러 권의 전자책, 《엔딩 보게 해주세요》 등 다양한 앤솔로지와 게임 서사 작업에 참가했으며 풀과 입금과 산책을 즐긴다. 항상 원고 의뢰를 기다리면서 남의 창작물을 읽고 있다.

여름의 섬

구한나리

아이는 눈(雪)이 없는 세상, 파랑으로 가득한 세상에 살았습니다. 아이는 눈이 보고 싶었습니다. 사람들은 아이에게 눈은 옛날 사람들이 꾸며낸 거짓말이라고, 동화 속 이야기라고 말했습니다. 아이는 생각했습니다. 그럼 동화 속의 세계에 가야지. 세상 밖, 꿈이 이뤄지는 곳, 동화 속의 섬, 율리우스(Julius). 아이는 율리우스 섬에 가고 싶다고 말했습니다. 사람들은 아이의 머리를 쓰다듬었습니다. 착하기도 하지. 열심히 노력해서 꼭 율리우스 섬으로 가렴.

✳

아이의 엄마가 태어날 무렵에 세계는 아직 섬으로 나뉘

기 전이었다. 과학자들은 세상이 위험해진다고 말했지만, 사람들은 귀를 기울이지 않았다. 한여름에도 30도를 넘기는 법이 없던 지역에서 여름이 길어지고 30도를 넘는 게 당연해지기 시작해도, 추운 것보다는 따뜻한 게 나으니 날씨가 따뜻해지는 건 좋은 것 아니냐고 반문했다. 태풍이 넘어오지 않던 지역에 태풍이 올라오기 시작했다. 얼음산이 조금씩 녹아 낮아지고 작아졌지만 사람들은 세계가 늘 스스로를 치료한다며, 잘 살기 위해서는 어쩔 수 없다는 핑계로 과학자들의 말을 무시했다. 어떤 이들은 통계학이라는 이름으로 몇백 년 전의 이야기를 하며 세상은 나은 방향으로 가기 마련이라고 했고, 어떤 이들은 그 달콤함을 믿었다. 한 번도 녹은 적이 없던 설산에 갈색 풀밭이 드러났다. 겨울이면 얼어붙던 항구가 점점 오래 문을 열었다. 어떤 사람들은 새로운 뱃길을, 새로 생긴 초원을 어떻게 이용할지가 중요하다며, 세계는 늘 변화해 왔으므로 인간은 그걸 이용하기만 하면 된다고 말했다.

인간과 동물의 경계가 무너지며 새로운 전염병이 돌았다. 처음 병이 발견된 지역의 사람들과, 그들과 비슷한 피부색의 사람들에게 무차별 폭행을 가하는 사람들이 뉴스에 나왔다. 어떤 사람들은 폭행을 가한 사람들이 아니라 병이 발견된 지역의 사람들을 원망했다. 병원 복도에서 죽어가는 사람들이 있었지만 전염병은 조금 심한 감기일 뿐이고 제약회사가 백신을 팔기 위해서 위험을 과장하는 거라는 동영상이 사람들 사이를 감기처럼 떠돌았다. 재활용된다는 말로, 전염병 예방을 위해서는 어쩔 수 없어서, 일회용품이 산처럼 쌓였다. 소독제가 필수가 됐고, 더 완벽한 위생을 위해서 일회용 소독제가 더 인기를 끌었다.

그렇게 세 번의 전염병이 도는 동안에 누구도 날씨 이야기를 하지 않았다. 얼음산에 갇혀 있었던 아주 오래전의 세균이 얼음이 녹으면서 세상으로 풀려났다. 영원히 녹지 않을 거라는 믿음으로 지어진 이름이 의미를 잃으면서 해안은 점점 높아졌고 몇 개의 작은 나라는 모든 영토를 잃었다. 낮은 땅으로 이어져 있던 나라는 바다로 잘렸다. 매립으로 넓혔던 땅은 원래대로 바닷속으로 돌아갔다. 사람들은 위로, 산으로, 바다를 피해 점점 더 높은 곳으로 올라갔다. 바다에서 멀어진 사람들은 바다를 떠올리는 것들을 집에 장식했다. 무한할 것 같던 숲이 베어지고 수만 년을 바다에서 살아온 생명은 바닷물의 온도가 높아지며 서서히 생명을 잃었고, 변색된 바다의 사체들은 장식물이 되었다.

아이의 엄마는 그 시대의 한복판을 살았다. 아이의 엄마는 율리우스 섬이 그 이름을 받았을 즈음 섬으로 들어왔을 것이다. 사람들은 홍수에, 태풍에, 지진에, 대화재에, 이상고온에, 이상한파에 목숨을 잃는 일들에 무심해져 갔다. 율리우스 섬은 한없이 여름이 계속되는 지역이었지만, 이상 고온의 대기의 영향을 받지는 않았고 새로운 태풍의 경로에도 속해 있지 않았다. 예전 뭍이었던 지역은 바다에 잠긴 뒤에도 옛 시절의 물건들을 그대로 품고 있었다. 지진이, 대화재가, 인간이, 인간이 만들어 낸 것들, 영영 썩지 않으며 영원히 독을 뿜어내는 것들을 계속해서 바다로 쏟아냈다. 율리우스 섬의 사람들은 더 이상 바다에서 나는 것들을 먹지 않았다. 바다가 아직 깨끗하던 시절에 수족관으로 옮겨온 것들을 정화된 인공 바다와 호수에서 길러내 먹었다. 인공 바다와 호수가 있는 섬은 마레(Mare)라는 이름으로 불렸다. 처음에는 사람이 아무도 살지 않는 섬이었지만, 율리우스 섬에서 필요한 것들을 키워내기 위한 사람들이 살게 되었다. 아이가 태어났을 때쯤 이미 세계는 수많은 섬으로 쪼개져, 율리우스 섬은 점차 완벽한 시스템 아래에 운영되는 곳이 되어 있었다. 율리우스 섬을 정착지로 택한 초기 사람들이 처음 생각해 냈고, 이를 감당하고 발전시킬 수 있는 사람들이 율리우스로 이주하면서 점차 세계는 율리우스와 같은 섬들과 이들을 위해 존재하는 섬들로 구성되게 되었다.

아이가 태어난 것은 크레파스 섬이었다. 원래는 크레푸쿨룸(Crepusculum)이라는 이름으로 불렸지만, 이제는 황혼이라는 그 거창한 이름을 줄여 부르다가 생겨난 '크레파스'

가 섬의 모습에 더 어울렸기 때문에 본래의 이름을 부르는
이들은 거의 없었다. 애초의 이름은 한때 풍족했던 섬이 시
대의 영광을 잃고 저물어가는 것을 비꼬는 의미에 가까웠
으므로, 온갖 쓸모없는 것들이 모여드는 것을 다양성이라
고 한다면 크레파스라는 이름이 더 나은 의미처럼 보이기
도 했다. 원래 살던 지역을 잃은 사람들이 하나둘씩 모여들
었고, 율리우스 섬이나 마레 섬에 필요한 노동력을 제공하
며 살아가기 시작했다. 아이의 출생신고서에는 어머니의
이름도 적혀 있지 않았지만 크레파스에서 태어나 부모를
모르는 이들이 대부분 그렇듯이 아이 역시 자신의 어머니
가 율리우스 섬 사람일 거라고 짐작했다. 아이는 키가 작고
손이 가늘며 눈이 좋았기 때문에 가사일에 적합하다고 판
정되어 일찌감치 훈련소를 거쳐 율리우스에서 하우스키퍼
로 일하게 되었다.

아이는 요일마다 다른 간격으로 일곱 곳에서 근무했다.
하우스키퍼는 업체에 소속되어 업체가 지정하는 곳을 방문
해 일을 하면 되는데, 거주자가 집을 비운 동안 일을 모두
끝내야 했다. 집을 비웠다가 돌아오면 처음의 완벽한 상태
로 돌려놓는 것이 하우스키퍼의 일이었다. 불만이 들어오
면 근무지가 바뀌거나 줄어들기도 하는데, 근무지가 줄어
든다는 것은 곧 급여가 줄어든다는 뜻이었다.

오늘 근무하는 곳은 셋이었다. 아침에 숙소에서 일어나면 제일 먼저 출근하는 A의 집으로 향했다. A는 시스템 소프트웨어 개발자였지만 아이는 A의 얼굴도 알지 못했다. 메시지가 가끔 오갔을 뿐 A의 집에는 얼굴이 들어간 건 어디에도 없어서였다. 침실의 시트를 모두 교체하고 걷은 시트는 가져온 세탁함에 넣었다. 바닥에 떨어진 것들을 원래 있어야 하는 자리에 돌려놓는 동안 아이가 가져온 청소기는 바닥을 바쁘게 돌아다니며 먼지를 빨아들이고 걸레질을 했다. 오늘은 소파 시트를 교체할 날이 아니었으므로 거실 청소는 조금 쉬웠다. 프로젝터가 제대로 작동하는지 공기 필터는 교체하지 않아도 되는지 점검하고 눌린 쿠션을 부풀려 제자리에 두었다. 서재 책상 위에 흐트러진 것들을 원래 위치로 되돌려두고 테라스 테이블 위에 컵과 포트와 접시를 세척기에 넣고 현관에 벗어둔 옷들을 세탁기에 넣을 것과 외부 세탁을 해 올 것으로 나누어 세탁기를 돌렸다. 모든 집에는 청소 기준 사진이 있어서 그 사진의 상태로 복원해두는 것이 아이의 일이었는데, 오랫동안 관리한 집은 거의 목표 상태가 머릿속에 들어 있곤 해서 사진을 확인할 일은 별로 없었다. 세척기와 세탁기가 돌아가는 동안 아이는 A가 미리 주문한 퇴근 후 먹을 음식을 요리했다. 상용화된 로봇 중에는 지금 아이가 하는 일들을 모두 해낼 수 있는 것도 있었지만 아이의 회사에 의뢰하는 사람들은 그런 로봇을 구매하는 비용을 쓰는 걸 원하지 않는 사람들이었다. 로봇을 구입하는 것은 물론이고 임대하는 비용조차 아이가 일하는 회사에서 물리는 비용보다 비쌌으므로.

A가 자주 주문하는 안주를 다 만들었을 때 세척기와 세탁기가 거의 동시에 완료음을 울렸다. 아이는 보송하게 건조된 그릇을 정해진 위치에 되돌려두고 세탁기가 건조를 마친 옷을 잘 다려 옷걸이에 걸었다. 어떤 회사는 서비스를 이용하려면 의류 관리기가 비치되어야만 하는 것도 있었지만, 아이의 회사는 그보다 비용이 조금 더 들어도 직접 다리미질을 하고 세탁물을 분류하는 것까지 해주었기 때문에 선호하는 사람들이 많았다.

두 번째 집은 드물게도 두 사람이 함께 사는 집이었지만 아이에게는 집에 두 사람이 살든 세 사람이 살든 중요한 문제가 아니었으므로 아이는 그 둘을 모두 B라 불렀다. 굳이 보려고 하지 않아도 사람이 나간 뒤의 집에서는 항상 전날의 흔적이 남아 있기 마련이었다. B 중 한 명은 식탁에서, 한 명은 소파 테이블에서 저녁을 먹었다. 둘이 주문하는 음식도 매번 달랐다. 그러나 B들은 술만큼은 달콤한 과일 향이 풍기는 같은 술을 주문했다. 차갑게 식혀서 얼음을 띄워 마시는 달콤한 술이 떨어질 때가 되면 늘 새 병을 주문하곤 했는데, 술 냄새가 아직 옅게 남은 술잔도 하나는 소파 위에 하나는 식탁 위에 놓여 있곤 했다. 크리스털 술잔에 물

자국이 남지 않게 깨끗하게 닦아 넣어두면 다음 날이면 매번 똑같은 자리에 나와 있곤 했는데 둘 중 누구도 술잔을 미리 그 자리에 두라고 말하지는 않았다. 천연섬유로 만든 옅은 연두색 시트와, 푸른 빛이 돌 정도로 새하얀 시트를 주문하는 두 사람의 시트를 제대로 갈아 끼우고, 둘이 주문한 음식을 1인분씩 나눠 세팅해둔다. 바닥에는 아무렇게나 던져놓은 과자 봉지가 있을 때도 있고 지난밤에 먹은 칩 부스러기가 떨어져 있기도 해서 청소가 편한 곳은 아니었지만, 지금껏 작은 불평 한 번 들어온 적 없어서 편한 집이기도 했다.

세 번째 집인 C의 집은 책 정리가 가장 힘든 곳이었다. 아이는 청소 훈련을 받기 전에는 한 번도 종이로 된 책을 본 적이 없었다. 자료는 패널로 읽었고, 청소 매뉴얼 역시 전자문서로 되어 있었다. 율리우스 사람들도 청소에 추가 비용을 들여야 하는 종이책을 굳이 가지고 있으려고 하는 사람이 많지 않았는데, 그건 달리 말하면 종이책을 가지고 있는 것이 그걸 감당할 수 있는 사람이라는 과시이기도 하다는 이야기였다. 아이는 지금껏 몇몇 집에서 종이책이 꽂힌 서가를 본 적이 있었다. 하지만 C의 경우는 압도적으로 양이 많았다. 서재의 세 벽이 모두 책장이 채우고 있었는데, 아이가 가는 날마다 무슨 책을 그렇게 많이 읽었는지 책상 위에 펼쳐지거나 엎어져 있는 책들이 열 권은 되었다.

책을 전자문서로 만들어주는 서비스도 있고 그편이 검색하기에도 훨씬 편할 텐데 매일 서로 다른 책 열 권 남짓을 뒤져서 읽고는 그대로 두는 심리를 아이는 이해할 수 없었다. 하지만 C의 색다른 취향 때문에 아이는 오래전에 사라진 책을 정리하면서 조금씩 C의 소장품을 읽어볼 수 있었다. 세상이 아직 여섯 개의 대륙으로 불리던 시절의 이야기도, 다른 지역을 방문하는 '여행'이 인기 있는 취미였던 시절의 이야기도, 그리고 몇 번이나 되풀이되었던, 전염병으로 집 밖을 나가기 어렵던 때 이야기도 아이에게는 흥미진진한 과거 이야기였다.

C는 율리우스 섬의 대학에서 학생들을 가르치는 사람이었다. 원래라면 아이가 방문자의 직업을 알 일은 없었지만, C는 자신이 무슨 일을 하는지, 출근 후 빈 집의 모습으로 소리쳐 이야기하는 사람이었다. 책상에 놓인 노트에는 대학 마크가 새겨져 있고 때로는 자신의 서재에 속하지 않은, 대학 마크가 붙은 책이 쌓여 있기도 했다. 메모지 외의 종이를 아직 쓰는 사람 역시 아이가 만난 사람 중에는 C가 유일했다. 그가 쓰는 볼펜과 연필은 대학의 물건이었다. 책장에 대학 마크가 새겨진 감사패가 장식되어 있기도 했다. 몇 십 년 전의 풍습이었다. 얼마나 오래전의 것인지 알기 어려운 단체 사진도 있었는데, 눈 덮인 산을 배경으로 하는 걸 보면 적어도 이 섬사람들이 외부로 나가지 않게 되기 전의

것일 터였다. 아이는 일하는 집에서 사진을 유심히 본 적이 없었지만, 이 사진은 먼지를 닦을 때마다 물끄러미 쳐다보고 있곤 했다. 사진 속의 사람들을 보는 것이 아니었다. 눈 덮인 산, 한 번도 본 적 없는 눈이 가득한 풍경을 보고 있는 거였다. 동화 속의 눈처럼 하늘에서 내리고 있진 않았지만, 플라스틱과 쓰레기로 덮여 있는 것이 아니라 눈으로 덮인 산의 모습이 꼭 동화 속의 풍경처럼 느껴졌기 때문이었다.

집에 돌아오기 전에 저녁 식사까지 마치고 돌아오는 C의 집은 정리할 것이 조금 많고 복잡하긴 해도 음식을 준비할 필요가 없어서 그만큼 수월하기도 했다. 책이든 옷이든 사람 중에는 자신이 물건을 찾을 때 항상 정확한 특정 위치에 있기를 요구하는 경우가 있으므로 그것만 주의해서 정리해 두면 되었다. 책 위에 먼지가 쌓이지 않도록 솔로 털어내는 것과 세 번째 선반의 하드커버 순서를 월요일마다 한 권씩 위아래를 바꿔서 가로로 넣어두는 것이 C가 특별 옵션으로 주문한 내용이었다. 그 선반의 책은 아이가 보기에도 오랜 세월을 느낄 수 있는 것들이어서, 한 권씩 조심스럽게 다 빼낸 뒤에 책장 바닥을 마른 수건으로 닦고 한 권씩 순서대로 제일 아래로 오도록 순서를 옮겼다.

막 로봇과 함께 C의 집을 나가려던 때, 갑자기 집 문이 열렸다. C가 돌아오려면 아직 두 시간은 남아 있었는데, 아이는 놀라서 그 자리에 멈춰 섰다. 근무 중 지침은 어긴 게

없다. 마스크와 안경도 썼고 유니폼도 입고 있다. 로봇도
외부 통행 모드가 아닌 실내 모드로 변경되어 있어서 바닥
을 상하게 할 염려도 없다.

"아 미안해요, 예정보다 조금 빨리 돌아오게 돼서. 역시
아직 근무 중이었군요."

아이는 조금 물러섰다. 매뉴얼에 따르면 사용자와 마주
치지 않고 시간 내에 업무를 마치고 집을 비워야 했다. 오
래전 옛 동화에 나오는 우렁각시나 난쟁이들처럼. 그러지
못하고 마주쳤을 때는 사과하고 최대한 빠르게 집을 나와
야 했다. 하지만 아직 이 집에서 나가야 하는 시간까지
30분 이상 남아 있는 이런 경우에 어떻게 해야 하는지는
매뉴얼에 없었다.

"놀라게 해서 미안합니다. 나는 바로 서재에 들어갈 테
니 신경 쓰지 말아요."

그렇게 말하던 C가 갑자기 말을 멈추고 아이를 가만히
응시했다. 아이는 고개를 숙이고 C의 시선을 피했다.

"눈동자 색이 정말 예쁘군요. 나무색 같이. …혹시 괜찮
으면, 음, 30분 정도 시간이 있는데, 잠깐 같이 있어주지
않겠어요? 아, 이건 규정 위반입니까?"

"위반되는 규정은 없습니다."

자신의 갈색 눈동자를 나무색이라 부르는 사람은 처음
만났지만, 아이는 당황하지 않은 척 말했다. C는 조금 놀란

표정을 지었다가 부드럽게 웃었다.

"서재를 소개해줄게요. 일하는 집 중에서도 좀 특이한 곳이죠?"

아이는 C의 뒤를 따라 서재 안으로 들어갔다. 자신이 방금 정리해둔 공간을 C가 웃으며 훑어보았다. 관리자는 가끔 로봇이 촬영한 작업 결과 영상을 아이의 앞에서 돌려보곤 했다. 컴플레인이 있을 때는 의무적으로 가져야 하는 시간이었고, 컴플레인이 없더라도 불시에 점검처럼 하는 일이었다. 그때처럼 긴장되는 순간이었지만 C는 그렇게 꼼꼼하게 사방을 살피는 것 같지는 않았다. C가 돌아보았다.

"작업하면서 궁금한 건 없었어요? 당신 나이에는 종이책을 보는 것도 낯설 것 같은데."

하우스키퍼가 아니라면 크레파스 섬 사람 대부분이 그럴 것이다. 하지만 하우스키퍼는 세상에 얼마나 다양한 사람들이 있는지 알 수밖에 없다. 세상에는 언제나 레트로를 사랑하는 사람들이 있었다. 한 번도 꺼내본 적 없는 책 위에 먼지가 쌓이지 않도록 쓸어달라고 요청하는 집도 있다. 언젠가 청소 때문에 꺼냈다가 펼쳐진 책이 온통 백지였던 것도 본 적이 있었다. 세상에는 책이 꽂혀 있는 모습만을 좋아하는 사람도 있다. 책이 많은 것만으로 이상하게 생각할 이유가 없었다.

"왜 저 칸의 책은 눕혀두나요?"

아이가 매주 순서를 바꿔서 가로로 쌓아두는 세 번째 칸을 가리켰다. C가 책장을 보고 조금 웃었다.

"저기 있는 책들은 표지가 안쪽 종이보다 5밀리씩 더 크게 되어 있어요. 두께도 두꺼운 책들인데, 실 제본으로 되어 있고. 아, 이건 좀 알아듣기 어렵겠군요. 어쨌든, 오래 세로로 꽂아두면 안쪽 종이 부분이 무게 때문에 늘어져서, 결국 묶은 부분이 뜯어질 수 있어요. 그래서. 그런데 크기가 같은 책들이라도 아무래도 가장 아래에 있는 책은 계속 무게를 받으니까. 이제는 안 나오는 책이니까 가능하면 처음 모습에 제일 가깝게 유지하고 싶어서."

"월요일이 순서를 바꾸는 날이어서, 오늘 바꿔뒀어요."

"봤어요. 당신은 정말 일을 잘해주더군요. 업체에 맡긴지 몇 년이 됐는데 요즘이 가장 만족스러워요. 당신이 일한게 6개월 정도 됐지요?"

"6개월하고 2주 됐습니다."

C가 또 웃었다. C는 아이의 눈을 계속 쳐다보면서 의자를 가져와 아이 옆에 두었다.

"잠시라도 앉아요. 일하는 동안 못 앉아서 피곤했을 텐데."

"괜찮습니다."

"내가 불편해서 그래요."

C의 말에 아이는 의자에 앉았다.

"…이상하게 들리겠지만, 당신은 내가 오래전에 잃어버

린 사람을 닮았어요."

아이가 C를 올려다보았다. C도 책상 앞 의자를 끌어다
앉았다.

"그럴 리가 없는 건 알고 있어요. 그 사람은, 이 세상에
없으니까. 하지만 아마 살아 있었다면 당신 정도의 나이가
되었을 거라서. 어쩐지 반가운 마음이 들어서. 옛날 걸 좋
아하는 사람이라 옛날식으로 생각하는 거겠지요. 내 손으
로 동의 서명을 했는데."

C의 말을 알아듣기가 어려웠다. 아이는 C를 묵묵히 쳐
다보았다. 언제나 책을 뒤지고, 때로는 책의 내용을 종이에
옮겨 적고, 아이보다 훨씬 더 나이가 많을 것 같은 책을 이
렇게 많이 가지고 있는 이상한 사람이라 말하는 것도 알아
듣기 어려운지 몰랐다. 애초에 아이는 이 섬의 주민들과 이
야기를 나눌 일이 없었다. 아이는 율리우스의 부속품이고
C는 이 섬의 주민이다. 대화를 나눌 일 같은 건 없다.

침묵이 흐르고 있을 때 종료 소요 시간을 알리는 소리가
울렸다. 아이는 반사적으로 일어났다.

"고마워요, 계속 잘 부탁해요."

C도 일어났다. C의 얼굴은 어쩐지 지쳐 보였다.

그 뒤 일주일간 C를 다시 만날 일은 없었다. 매일 다른
집을 세 곳에서 네 곳을 방문해 사전에 요청받은 일을 해두

고 집을 나온다. 변함없는 일정을 마치고 아이는 자신의 숙소로 돌아와 잠을 청했다. 숙소에 일어나 단말기를 열자, 오늘 해야 할 일정이 죽 들어 있었다. 그중에 C의 집에서 해야 할 일이 있었다. 한 번도 본 적 없는 요청이 들어와 있었다. 늘 하던 일에 대한 소요 시간 세 시간, 그리고 말 상대 한 시간. 노인이 사는 가정 중에 가끔 아이와 같은 사람들을 만나고 싶어 하는 사람들이 있었고, 오래 일을 해 온 사람 중에는 노인이 끝없이 늘어놓는 과거의 삶 이야기를 들어주는 걸로 근무 시간을 인정받는 경우가 있었다. 하지만 이런 요청을 아이는 한 번도 받아본 적 없었다. 관리자가 보낸 메시지가 추가로 들어와 있었다.

'사용인의 이야기는 하지 않아도 됩니다. 부적절한 요청이 있을 경우 동행하는 로봇을 통해 업무 기피 요청을 하면 곧 이쪽에서 적절한 대응을 하겠습니다.'

부적절한 요청. 업무 이외의 개인적인 만남을 요청하거나, 피부와 피부의 접촉을 요청하는 것. 일방적인 접촉 포함. 노인 간병 업무 매뉴얼에서 본 적 있는 말을 기억에서 떠올렸다. 아이는 좀 더 경력이 쌓이면 노인 간병 업무를 받을 예정이었지만 벌써 사용인과 만날 일이 있을 줄은 몰랐다.

C가 요청한 시간이 길었으므로 아이는 오늘 B의 집을 마치고 곧바로 C의 집으로 향했다. C는 아이가 청소와 정리

정돈을 마칠 시간이 되자 집으로 돌아왔다. 아이는 관리자의 지시대로 준비해 간 차를 C의 잔과 자신이 가져간 잔에 각각 따랐다. 따뜻한 김이 올라왔다. C는 웃으면서 찻잔을 받아 들었다.

"차가 맛있네요. 오랜만이에요. 다음부터는 이 차도 부탁해도 될까요?"

"요청하시면 언제든 가능합니다."

아이의 말에 C가 웃었다.

"방문하는 집 중에 아이가 있는 집이 있나요? 혼적 같은 걸 보면 알 수 있을 것 같은데."

"제가 가는 집 중에는 없습니다."

말하고 나서야 이게 다른 시민들에 대한 정보를 제공한 것으로 보이지 않을까 걱정이 됐다. 하우스키퍼는 자신이 근무하는 곳에 대한 정보를 말하면 안 된다. 이걸로 컴플레인이 들어오지 않을까. 그럼 이곳에 올 수 없게 된다. 지금까지 사소한 컴플레인으로 근무지가 바뀐 적이 있었지만, 어쩐지 이번에는 그게 걱정이 됐다. 아이는 C의 눈치를 살폈다. C는 으응, 하고 가볍게 고개를 끄덕였다. 아이의 대답에 별로 신경을 쓰지 않는 것 같은 눈치였다.

"이십몇 년 전에, 아이를 낳은 적이 있어요. 얼굴은 딱 한 번 봤지만. 알아요? 여기서 태어나는 아이들은 모두 기본 검사를 받아야 해요."

"들은 적 있습니다. 율리우스의 시민이 낳은 아이들의 경우 필수 검사를 받아야 한다고요."

율리우스의 시민으로서의 자격 검사라고 했다. 갓난아이들의 검사는 율리우스의 두뇌들이 만들어 낸 종합 검사 체제에 따라 이루어진다. 그리고, 그중에 평균적으로 20%의 아이들이 불합격 판정을 받는다. 이런 아이들은 부모에게 돌아가지 않는다. 부모의 동의를 거친 후 그 아기들은 '밖으로 보내진다'. 우회적인 표현이다. 밖이란 율리우스의 밖, 세계의 밖, 생명의 밖을 의미한다. 율리우스의 시민에게서 태어나 율리우스에서 살도록 허락되지 않은 아이들은 태어난 적 없는 아이가 된다.

시민이 아닌 이들이 아이를 낳는 경우는 다르다. 그런 아이들은 검사받을 필요가 없다. 애초에 그런 아이들이 율리우스에서 태어나는 경우도 매우 드물지만, 그들은 율리우스의 시민이 될 자격이 없으므로 그 부모가 속한 섬에서 기른다. 그들이 나중에 성인이 되어서 율리우스에서 일하는 사람이 될 수 있을지 없을지도 알 수 없다.

"내 아이는, 밖으로 보내졌어요."

아이는 이 의미를 알고 있다. 아이는 침묵하고 C는 웃는 듯 아닌 듯 알 수 없는 표정으로 아이를 보았다.

"이름을 물어도 되나요?"

"원래 이름이 너무 거창해서, 줄여서 '아이'라고 불러요."

"아이……, 아이스타스(Aestas)?"

아이가 놀라 C를 보았다.

"좋은 이름이네요. 아주 오래전에 사라진 나라의 말로 '여름'이라는 뜻이에요. 당신의 부모님은 당신이 율리우스에서 일하길 바라셨나 봐요. 율리우스는, 그 나라의 말로 '7월'이라는 뜻이거든요. 영원한 여름의 섬에 어울리는 이름이죠. 태풍도 폭풍도 오지 않고 찜통더위도 없이 한없이 푸르르고 맑은 여름의 섬."

아이는 아는 사람은 모두 길고 복잡하다고 줄여서 부르던 이름의 온전한 형태를 타인의 입에서 처음 들었다. 이제는 존재하지 않는 나라의 말로 '아이'는 사랑이라고 했다. 또 이제는 존재하지 않는 다른 나라의 말로 '아이'는 성인이 되기 전의 사람을 부르는 말이라고 했다. 아이는 자신의 이름에 관한 말들을 모두 기억했다. 그리고 애써, 길고 복잡한 이름을 묻어두었다. 여름이라니. 황혼에서 자라 율리우스의 보이지 않는 곳에서 부속품으로 살아갈 이에게 여름이라는 이름은 과하다고 생각했으므로.

"저는 시설에서 자라서……, 이름 말고는 아는 게 없어요. 크레파스, 아니 크레푸큘룸 섬에는 부모와 함께 사는 집이 율리우스처럼 많지 않아요. 아이스타스라고 적힌 쪽지를 쥐고 있어서 그게 부모님이 지어준 이름인가보다 생각했죠. 그래도 저는 운이 좋았죠. 일을 빨리 배웠고, 잘

잊어버리지 않았어요. 가사 보조자나 개호 담당자로 적합한 재능이라고 판정을 받아서 율리우스에서 일하게 됐으니까 어쩌면 이름을 이룬 셈이네요."

아이는 처음으로 길게 자신의 이야기를 털어놓았다. 관리자에게도 말한 적 없는 이야기였다. 처음 율리우스에 왔을 때 이미 관리자는 아이가 크레푸큘룸의 14호 시설 출신으로 적성검사에 통과해 율리우스에서 일하게 되었다는 걸 알고 있었기 때문에, 그 이상의 설명을 할 필요는 없었다. 숙소에서 함께 근무하는 이들은 아마도 아이처럼 크레파스 섬에서 왔거나 혹은 마레 섬에서 왔을 테지만 나이도 제각각이고 근무 시간도 제각각이어서 함께 이야기할 시간도 거의 없는 데다가, 다들 엇비슷한 서로의 과거 이야기에 귀를 기울일 이유도 없었다.

"크레푸큘룸은 어떤 곳인가요?"

C가 물었다. 그걸 어떤 곳이라고 하면 좋을까. 율리우스에서 배출되는 쓰레기를 재활용해서 물건을 만들어 쓰는 곳. 율리우스가 버린 가방이 다져져서 침대가 되고 집이 되고, 율리우스가 버린 옷을 뜯어서 새로 기워서 옷을 만드는 곳. 재활용할 수 없는 쓰레기들은 다지고 다져서 묻고 쌓아서 쓰레기 산이 점점 늘어나기만 하는 곳. 언젠가 크레파스 섬이 쓰레기로 가득 차게 된다면 사람들은 쓰레기 섬을 두고 떠나야 할 것이다. 율리우스 섬처럼 사람들을 끝없이 필요

로 하는 섬의 근처에, 살 수 있는 섬을 찾아서. 그게 아이가 더 이상 율리우스에서 일할 수 없는 몸이 되어서 돌아가야 하는 날까지는 오지 않기를 바랄 뿐이었다.

"알고 계시겠지만, 크레푸큘룸은 율리우스가 먹여 살리는 섬이지요."

"그 반대가 아니라?"

C가 웃었다. 아이는 C를 보았다. 농담인지, 아이를 도발하는 것인지 알 수 없었다. 크레파스 섬에서 온 사람이 절대 입에 담아서는 안 되는 말, 율리우스 섬에는 크레파스 섬이 필요하다는 말을, 율리우스의 주민이 입에 올리는 것을 어떻게 이해해야 할까.

"예전에 내가 살던 곳에는, 계절이 계속 바뀌어서 사람들은 계절에 맞춰서 옷을 바꿔 입었죠. 한여름에는 돌풍이 왔어요. 바람이 너무 세게 불어서 유리창이 깨지지 않을까 마음을 졸였죠. 겨울에는 물이 꽁꽁 얼어서 물이 나오지 않았어요. 나는 가을을 좋아했어요. 여름이 지나고 겨울이 오기 전까지의 아주 짧은 기간이었죠. 일부러 밖을 걸어 다녔어요. 매일 오늘 날씨를 확인하고, 비가 올까 오지 않을까 두근거렸어요."

"……예전에 배운 적 있어요. 그런 '나라'가 있었다고. 지구가 여섯 개의 대륙이었을 때."

"서재에 있는 사진은 그때 찍은 거예요. 그땐 험한 산에 올라가는 걸 취미로 하는 사람들이 있었죠. 내가 좋아한 사람도 그런 사람이어서, 함께 산을 오르곤 했었어요."

아이는 서재의 사진을 떠올렸다. 수많은 사람이 함께 찍은 그 사진 중에 누가 C이고 C가 좋아한 사람인지 알 수 없었지만, 알 필요 없는 일이기도 했다.

"내 아이는, 그 사람의 아이기도 했어요. 그 사람이 다른 섬으로 떠난 뒤에 태어났고, 내가 서명한 지 얼마 뒤에, 그 사람이 행방불명됐다는 소식을 들었죠. 눈으로 가득한 섬으로 간다고 한 이들이 그렇게 되고 나서, 율리우스 섬에서는 외부 섬으로 이동이 금지돼서, 나는 그 사람이 마지막으로 본 풍경을 볼 수 없었어요."

C가 그리움에 가득한 표정으로 먼 곳을 바라보았다. 눈이 내리는 섬. 율리우스가 여름이 계속되듯이 거긴 겨울이 계속되는 것일까. 한없이 계속해서 눈이 내리는 곳이라면, 그곳은 적어도 마레 섬처럼 다른 섬을 위해 무언가를 끝없이 생산해야 하는 곳은 아닐 것 같기도 했다. 아이는 어렸을 때의 꿈을 문득 떠올렸다. 동화에서 보았단 것처럼 눈이 내리는 곳이 있다면, 자신은 언젠가 거기 갈 수 있을까. 율리우스에 오고 싶다고 했던 그 뒤의 꿈이 이루어진 것처럼 자신은 언젠가, 하늘에서 내리는 눈을 자신의 눈으로 볼 수 있을까.

아이는 C를 보았다. C는 여전히 뭔가를 그리워하는 표정을 하고 있었다. 아마도 그건, 이십몇 년 전에 '밖으로 보내진' 이일 것이다.

"…왜, 불합격, 이었나요? 무례한 질문이라면 취소하겠습니다."

아이가 말했다. C는 고개를 저었다.

"불합격 사유는 알려주지 않아요. 들으면 계속 기억에 남아서 부모의 정신 건강에 나쁠 수 있어서 그렇다더군요. 그래서 나는, 가끔 상상했어요. 그 애가 사실은 불합격이 아니었다거나, 다른 섬에서 잘살고 있다거나, 그런 상상이요."

아이도 그런 상상을 했다. 결코 사실이 아닐 상상이었다.

"시설의 아이들에겐 부모에 대해서 알려주지 않습니다. 부모가 혹시 문제가 있는 사람이었다거나……, 마약 중독자일 수도, 폭행범일 수도 있으니까, 그걸 알면 아이들이 계속 부모의 나쁜 모습을 닮게 될 수 있다고, 부모에 대한 정보를 알려주지 않습니다. 비슷한 이유 같습니다."

아이의 상상은, 제 부모가 율리우스에서 일하는 크레파스 섬의 사람이 아닐 거라는 상상이었다. 삶이 버거워 제 아이를 책임질 수 없어서 시설에 버리고 간 사람이 아니라, 비극으로 목숨을 잃고 자신만 살아남았다거나 하는. 가령 모두가 반대한 불꽃 같은 사랑을 했지만, 사고로 목숨을 잃었다거나 하는, 동화책 속 이야기 같은 출생에 대한 상상이었다. 어릴 때의 일이었다. 주변에 대해서 알게 되고 학교에 다니게 되면서 자신이 조금이라도 잘 살아남는 방법은 율리우스 섬에서 일하는 자원이 되는 것뿐이라는 것을 깨달았고, 이야기책은 더 이상 읽지 않았다. 사람들이 말하는 율리우스 섬은 낙원이었다. 자신은 지금 그 낙원을, 낙원이게 하는 사람이었다. 그것으로 충분했다.

잠시 침묵이 흘렀다. 아이는 비어 있는 C의 찻잔에 차를 좀 더 따랐다. C는 웃으며 아이를 보았다. 시간 종료를 알리는 소리가 울렸다.

"가끔 이렇게, 시간을 요청해도 될까요? 오늘처럼."

"가능하십니다."

아이가 일어났다.

"다음에 또 봐요, 고마웠어요."

"다음에 뵙겠습니다. 감사합니다."

C는 아이가 집을 나가는 것을 한참 바라보다가 찻잔을 들고 서재로 향했다. 단체 사진 속의 옛 연인이 나무색 눈동자로 C를 보고 있었다.

'섬 밖으로 보내는 데 동의하지 않으면 어떻게 되나요? 제가 서명하지 않으면.'

'그 경우, 이 섬의 시민으로서의 자격을 상실하게 됩니다. 아이와 함께 추방 절차를 밟게 되지요.'

C는 '섬 밖으로 보낸다'는 것이 무슨 의미인지 들은 적 있었다. 지금까지 소유하고 있던 것 아무것도 갖지 않고,

오직 최소한의 의복과 신분증명만을 가지고 마레 섬 혹은 크레푸쿨룸 섬으로 보내진다는 것. 자신이 이 섬의 대학에 채용된 건 이 섬이 율리우스로 불리기 전이었다. 그때는 자신이 살던 지역에 대지진이 올 거라고도, 자신이 자라왔던 곳이 영영 바다 밑에 잠길 거라고도 상상도 하지 못했다. 잠시 머물렀다가 돌아가겠다고 생각했지만 돌아갈 곳은 세상에서 사라졌고 잠시 머무르려고 했던 곳은 오직 일부에게만 문을 열어주는 닫힌 땅이 되어버렸다.

연인이 눈 속에서 조난되었다는 소식이 도착한 날 C는 자신에게 이제 누구도 남지 않았다는 걸 깨달았다. 눈이 내리는 산을 다시 오를 수 없는 것처럼 자신은 바다에 발을 담그며 해변을 달릴 일도 없게 되리라는 걸. 그리고 그걸 택한 것은, 율리우스의 섬에서 살아가는 것을 택한 건 자신이었다. '아이'와 우연히 마주치지 않았다면 어쩌면 계속 잊고 살았을 것이다. 찻잔을 비우고 C는 일어나 오랜만에 개수대 앞에서 잔을 씻어 올려두었다. 새하얀 잔이 엎어진 모습이 마지막으로 올랐던 눈 덮인 산의 모습을 닮았다고, C는 생각했다. 아이가 내일 와서 이 찻잔을 보고 웃어주면 좋겠다고도 생각했다. 하지만 C는 자신처럼 아이가 그 잔을 보고 눈 덮인 산을 떠올릴 거라고는, 생각하지 못했다.

구한나리　2009년 일본 문부과학성 연수생 시절 〈신사의 밤(神社の夜)〉으로 유학생문학상에 입선했고, 2012년 장편 《아홉 개의 붓》으로 조선일보 판타지 문학상을 수상했다. 단편집 《전쟁은 끝났어요》 《교실 맨 앞줄》, 거울 중·단편선 《누나 노릇》 《그리고 문어가 나타났다》 《하얀색 음모》 등에 참여했고 매드앤미러 시리즈 2권 《사라진 아내가 차려준 밥상》에 〈삼인상〉을 실었다. 문구단편집 《올리브색이 없으면 민트색도 괜찮아》을 출간했다. 한국SF어워드에서 2020, 2021 중·단편소설 부문 심사위원, 2022년 심사위원장을 맡았다. 웹진 거울에서 독자우수단편 심사단을 맡으며 소설 필진으로 단편을 게재하고 있다.

델릭타 그라위오라

빗물

범은 물고 온 손목을 툭 내뱉었다. 언제나처럼 억울하다는 듯 꿈틀거리는 검푸른 그것을, 자경은 무심히 포도나무 아래 던졌다.

"또 사당엘 갔다 온 거야?"

목덜미를 쓰다듬자 범이 가르릉 소리를 냈다. 징그럽게 기어 올라오는 손목을 자경은 지그시 밟아 다시 흙에 집어넣었다.

"저 손으로 어딜 그리 더듬었을까….."

범은 자경의 혼잣말에 절대 답하는 법이 없어서, 자경은 그게 좋았다. 저 손의 주인이 이승을 헤맬 적에 누구의 어디를 어떻게 만졌는지, 그런 건 자경이 알 몫이 아니었다.

죄 많은 영혼이란 무엇이 그리 억울해서, 죽고 난 후에도 이승을 떠돌며 제 가족이라는 것들이나 무고한 사람마저 이 외진 곳으로 불러들이는지도 마찬가지였다. 가지치기를 마친 자경은 밖으로 나섰다. 선선해야 할 바깥 공기에, 익숙한 비린내가 진하게 풍겼다. 먼 곳을 노려보다, 자경은 집으로 걸어갔다. 근래 이 부근에 가득한 귀취(鬼臭)는 사당 근처에서 곧잘 풍겨오던 것과는 달랐다. 바람이 아주 멀리서부터 싣고 온, 깊고도 지독한 원한이었다. 흔하게 널린 생전 죄지은 이의 것이라기엔 너무 짙었다. 하지만 자경은 한낱 농사꾼일 따름이었다. 영혼의 냄새를 맡고 영혼을 끼고 산다고 해서, 먼 길 발 벗고 나서가면서까지 그들의 넋을 달랠 생각은 추호도 없었다. 집에 들어선 자경은 다기에 녹차 잎을 가득 담아 차를 우리고, 양푼에 밥을 펐다. 냉장고 속 나물을 양푼에 쏟아붓고 난 손으로, 우러난 차를 따라 상에 올려놓았다. 희끄무레하게 올라오는 연기 속에, 범이 얼굴을 들이밀었다. 비빔밥을 입에 집어넣으며 자경은 범을 힐끗 보았다. 더없이 행복해 보였다. 혼이 된 범을 집으로 데리고 온 이튿날 아침도 저런 얼굴이었다. 그날 범은 귀신의 남근을 물고 왔다. 보자마자, 그것이 산 자의 것이 아님을 알 수 있었다. 그걸 문 채 범은 살랑살랑 꼬리를 흔들었다. 뿌듯한 입꼬리로. 주인 앞에 쥐를 사냥해온 고양이의 표정이었다. 이후로 자경의 포도밭은 가뭄에도 마르는 법이 없었다.

픽.

흠향하는 범의 웃음을 바라보며 흐뭇해하던 그때, 현관 문에 무언가 부딪치는 소리가 났다.

픽. 픽.

소리는 멈추지를 않았다. 범이 으르렁대며 털을 곤두세웠다. 범의 등을 쓰다듬어 달래고는, 자경은 문을 열었다. 푸르른 들판만이 눈에 들어왔다. 툭. 발치를 치는 느낌을 향해 자경은 눈을 내리깔았다. 집요하게 남의 집을 들이받았을 머리가, 자경의 복사뼈를 스치고 집 안으로 스르르 기어들어 침범해왔다. 검푸른 머리는, 데굴데굴 구르며 자경의 집을 두리번댔다.

"남의 집에서 뭐 하는 거야?"

식사 시간을 방해받은 것이 짜증스러웠다. 방을 둘러보다 범을 발견한 그것은, 범에게 달려들었다. 그러나 범이 눈에서 불을 뿜으며 부르짖자, 이내 기가 죽어 까가각, 소리를 내며 식탁 밑으로 굴러 들어갔다. 식탁에 미처 다 들어가지 못한 한 부분이 보였다. 자경은 상을 찌푸렸다. 자그마한 성기가 머리 끄트머리에 매달려 있었다.

"이 새끼, 삽입만 안 했구만?"

"까가각… 내 손발 어디 갔어!"

그것이 부르짖었다.

"어디서 반말이야? 그건 생전의 너한테 물어!"

"씨…발… 저 짐승 새끼가… 까각… 물어갔단 말이야…"

"달고 다녀봤자 죄나 지을 거! 뭐 하나 보탬이라도 되라고 벌써 거름으로 줬어! 고마운 줄 모르고 어디서 바락바락 욕이야?"

그 말에, 그것은 괴성을 지르며 온 집 안을 통통 튀어 다녔다. 자경은 여기가 주택인 것이 다행이라고 생각했다. 아랫집에 미안할 일이 없으니.

"씨발… 나를… 깍… 병신으로… 만들어?"

"병신이 뭐 어때서! 살아생전 죄나 짓던 주제에."

죄 많은 영혼들은, 이미 죽어 귀신이 된 몸이 훼손되면 그토록 분해할 수가 없었다. 약한 것을, 아픈 것을, 움직이지 못하는 몸을 그렇게 경멸하고 짓밟았으니 자신이 그리 된 것을 받아들이기는 죽기보다 어려울 것이다. 그리하여 남의 생은 파괴하고 제 한 몸 보전하는 것이 일생의 지독한 소망이었으니 말이다. 보나 마나 뻔했다. 뻔뻔하게도 억울하게 죽은 제 가족 한을 풀어달라며 온 가족에게 업혀 왔거나, 기가 약한 엄한 이에게 붙어 왔다가 신당 앞에서 도망쳤겠지. 여우굴에서 도망치면 호랑이가 있는 줄도 모르고.

"까가각… 까가각!"

성난 자경과 범 앞에서 자신이 아무것도 할 수 없음을 깨달은 귀신은 억울함에 날뛰었다. 그때마다 철벅철벅 소리가 났다. 아, 살아서 예의가 없던 것들은 죽어서도 마찬가지였다. 비위 상하게 꼭 식사 때 찾아와서 저 지랄인 것이다. 자경은 그것을 한심하게 내려봤다. 그런 영혼들이 살아서나 죽어서나 가장 견디지 못하는 눈빛이었다. 그것은, 자경이 자신을 무시함을 깨닫고 더 크게 부르짖었다. 그러거나 말거나, 할 말을 마친 자경은 범과 다시 상에 나란히 앉았다.

"시끄럽구나⋯."

그 말에, 범이 크게 포효했다. 기죽은 그것의 소리가 잦아들었다. 그리고 잦아든 소음 너머로, 전화벨 소리가 들렸다.

따르릉, 따르릉.

자경은 잠시 전화기를 쳐다봤다. 이른 시간에 포도즙을 찾는 사람은 종종 있기 마련이다. 그럼에도 매번 떨리고 마는 가슴을 한 손으로 누르며, 천천히 다가가 수화기를 들어 올렸다.

"⋯여보세요?"

"니노."

전화선을 타고 들려온 익숙한 목소리에, 가슴이 쿵 내려앉았다.

"잘 있었니? 갑자기 전화해서 미안해."

심장이 쿵쿵 뛰었다.

"도와줘, 니노. 여기 와서 나 좀 도와줘."

자경은 떨리는 손으로 허벅지를 꽉 그러쥐었다. 한동안 아프지 않던 오랜 흉터가 아려왔다. 상처가 아물고 흉이 되어버린 지 오래인데도, 이럴 때면 매번 고통스러운 이유를 알 수 없었다. 범이 냉큼 달려와 십자 모양으로 깊게 벌어진 흉터를 핥았다.

"도와줘, 니노…."

목소리가 다시 한번 속삭였다.

외진 곳에서 외진 곳으로 가려면, 큰 도시를 지나야만 했다. 그게 참 이상하다고 생각하며 자경은 흔들리는 버스 창에 머리를 기댔다. 목적지가 가까워질수록 공기를 떠도는 비릿한 내음이 짙어졌다. 예상대로였다. 자경은, 통화에서 듣지 못한 세라피나가 자신을 부른 이유를 알 것 같았다. 버스는 익숙한 산 밑에 자경과 범을 내려놓았다. 십여 년의 세월이 흘렀어도 눈 감고도 오를 수 있는 길이었다. 그게 자경의 마음을 아득하게 만들었다. 그러고 싶지 않은데, 다리가 떨렸다. 발길을 돌리려 할 때, 보드라운 꼬리가 다리를 감쌌다. 떨리는 손을 뻗어 범의 얼굴을 쓰다듬었다. 범이 입을 벌려 자경의 손을 깨물었다. 날카롭고 큰 송곳니는 자경의 손가락 하나도 해치지 않았다. 장난스러운 애교에, 떨림이 조금은 잦아들었다. 자경은 범과 함께 산을 올랐다. 애신 쉼터. 익숙한 팻말이 보였다. 자경의 심장이 다시 빨리 뛰기 시작했다. 눈치를 챈 범이 다가와 부빗, 머리를 부볐다.

"세상에, 니노….."

쉼터 마당에 서서 초조하게 맴돌던 세라피나는 자경을 보고 잠시 흠칫하며 뒤를 돌았다가, 이내 달려와 자경의 손을 쥐고 일그러진 미소를 지었다. 그리고 한참을 그렇게 이름만 불렀다. 니노, 니노. 자경은 세라피나의 손이 떨림을 느꼈다. 아니, 자경이 떨고 있었기에 그런 것일지도 몰랐다. 세라피나가, 잠시 머뭇대더니 자경의 어깨를 끌어안았다. 자경은 그 몸짓을 피했다. 침묵이 흘렀다.

"니노, 이렇게 갑자기 찾아서 정말 미안해….."

"미안한 줄 알면서 왜 불렀어?"

"그게, 있지… 사정이 있었어… 네가 정말 필요해….."

세라피나는 자경의 말에 성실히 대답을 했다.

"실은, 여기 애 하나가… 얼마 전에 죽었거든."

숨을 급하게 들이마시며 세라피나가 말했다. 단신 처리된 뉴스에서 본 그 사건을 말하는 것이다.

"아버지가… 강간을 해서 들어온 애였어. 우리가… 보호를 하고 있었는데, 어느 날 갑자기 나가겠다는 말도 없이 도망을 친 거야… 그런데, 며칠 후에 죽었대….."

세라피나의 말은 얕은 숨처럼 토막 나 있었다. 그런 이야기는 이미 뉴스에서 충분히 들었다.

"그래서?"

자경은 차갑게 답했다.

"경찰은… 자살인지 타살인지 바로 결론을 못 내렸어. 자살이라고 보기에는 석연치 않았으니까… 그래서, 그 애 아버지랑 우리가 조사 대상이 됐고. 다들 알리바이가 확실해서 자살로 마무리되긴 했는데, 있지…."

세라피나가 말을 멈추고 자경을 바라보았다. 뻥 뚫렸다고 느껴질 만큼 큰 눈이었다.

"나는 알아. 그 애, 자기가 죽었을 리 없어."

"그래서, 나보고 뭘 어떻게 도우라고?"

"니노, 네가 영혼들과 가깝다는 걸 다…."

"신을 버리고 신이 버린 년, 다른 잡신과 어울리는 음탕한 창부 같은 년. 너, 지금 그런 나를 그런 이유로 여기까지 불러들인 거야? 십몇 년 만에?"

"니노. 미안해. 할 말이 없어…."

"방금까지 신나게 떠들어놓고 무슨 할 말이 없어."

감정이 격해진 것을 느끼자 얼굴이 뜨거워졌다. 자경은 손톱으로 손바닥을 꾹 눌렀다.

"나는 신내림 같은 것 받지 않았어. 이리저리 구르다 보니 점집 많은 싼 동네로 흘러 들어간 것뿐이야."

"그렇지만 니노, 그럼 저 호랑이는 뭐야…?"

세라피나가 범을 가리켰다. 자경은 흠칫 놀라 반사적으로 범을 몸 뒤로 숨겼다.

"…무슨 호랑이?"

"네 뒤에 있는 호랑이 말이야."

"……."

범이 보이는구나. 자경은 세라피나를 한참이나 노려봤다. 세라피나도 이번에는 눈을 피하지 않고 마주 봤다.

"그래서, 내가 뭘 하리? 굿이라도 해줄까?"

"…너, 나 도와주러 온 거잖아."

자경은 잠시 할 말을 잊었다.

"그 애가 왜 죽었는지 밝혀줘…."

"그걸, 내가 여기 있으면 밝힐 수 있어?"

"그러지 않으면, 왜 여기까지 와줬어?"

자경은 말없이 바람에 펄럭이는 세라피나의 수도복 베일을 보았다. 바람이 불자, 고통스러울 만큼 진한 피비린내가 코를 찔렀다.

'피 냄새가 지독해서.'

속으로만 답했다.

"아무튼, 날도 추운데 일단 들어가서 쉬어. 이야기는… 천천히 할 수 있을 거야."

세라피나가 쉼터 숙식동의 문을 밀며 말했다. 2층으로 향하는 계단을 오르기 전 짧게 돌아본 복도 풍경에서부터,

자경은 알 수 있었다. 자신이 떠나오던 때와는 달리 적막할
만큼 한산해진 쉼터를. 계단을 오르며 세라피나는 말했다.

"새로 들어온 사람은 아무도 없어. 떠나간 사람은 많지.
…이제 여기는, 수녀는 나 하나고 안전관리요원 한 명, 생
활지도사 한 명이 전부야. 그러다 보니 받을 수 있는 아이
들 수도 한정적이 됐고…."

"그런데 왜 문을 닫지 않아?"

그 말에 세라피나가 아주 잠시 우뚝 멈춰 섰다. 그러더
니 다시 계단을 오르기 시작했다.

"니노. 원장 신부님도… 이제, 연로하시고 기력도 많이
쇠하셨어… 주님 곁으로 가시는 날까지는, 이곳을 닫을 수
없어."

2층 복도에는 1층보다 큰 창이 가득했다. 어릴 때는 그
것이 어찌나 부러웠는지. 창밖을 내다보는데, 허연 무언가
가 스물스물 내리고 있었다.

"어머, 눈이 오네…."

세라피나가 멍하니 말했다.

"꼭 우리 다시 만남을 축복해주는 것 같아…."

세라피나는 허리춤의 열쇠로 직원용 방 하나를 열어주
었다. 어린 자경은, 수녀님과 선생님들이 자는 2층에서 자
고 싶었다. 너무나. 방 안을 들여다보고라도 싶었다. 막상
불이 켜지고 마주한 2층 방은, 생각보다 좁고 허름했다. 그

래도, 끔찍한 1층 방을 내주지 않은 것만 해도 배려라고 여겨야 하나. 자경은 생각했다. 방 한쪽 벽을 꽉 채워 놓인 매트리스 위로, 주석 십자가가 묵직하게 걸려있었다. 그리고 그 위에 몸을 뒤틀며 고통스러워하는 사람이 있었다. 13년 전, 자경이 저주하며 떠나온 바로 그 존재였다. 이 방에 사람을 넣어놓으면, 어쩐지 기도를 하라고 떠밀린 느낌이란 말이지. 하지만 자경은 이제 결코 그런 것은 하지 않는다. 대신 범의 등을 끌어안고 노란 털에 얼굴을 묻었다. 북실한 털이 코를 간질였다.

"범아, 나는 산 사람이 무섭다…."

범을 쓰다듬으며 말했다.

"그걸 깨달으면, 또 소스라치게 무섭다. 언제쯤이면 조금은 덜 떨 수 있을까."

범이 길고 도톰한 분홍빛 혀로 자경의 뺨을 핥았다. 유리를 깰 만큼 거센 바람이 창을 흔들고 갔다. 눈보라는 점점 거세지는 듯했다. 축복이라면, 정말 숨 막히는 축복이군. 중얼대며 자경은 외투에서 핸드폰을 꺼냄과 동시에 침대 위로 몸을 눕혔다. 아, 신호가 잡히지 않았다. 인터넷도 통화도 마찬가지였다. 그때, 삐그덕 소리를 내며 천천히 방문이 열렸다. 그만큼 조그만 틈새가 생겼을 뿐인데, 복도의 찬 기운이 훅 들어왔다.

"니노…."

문을 연 세라피나는, 조심스레 한 발 한 발을 방 안으로 들여놓았다. 그리고 아주 차분히 말했다.

"사람이… 죽었어."

그 순간, 어디서 숨을 쉴 수 없을 만큼 귀취가 밀려왔다.

"너… 시신 볼 수 있니?"

자경은 눈을 질끈 감았다. 그날처럼 십자가를 깨부수고 싶은 것을 간신히 참았다.

"112에 먼저 물어보지 그래…?"

"어떻게 그래."

"뭔 소리야…?"

"전화선이… 끊겼는걸…."

세라피나는, 몇십 년 전 배경의 추리소설 속 주인공처럼 덤덤히 그렇게 말했다. 물끄러미 그 모습을 바라보던 자경은 한숨을 한 번 쉬고, 범과 함께 일어나 세라피나의 뒤를 밟았다.

세라피나가 자경을 데려간 곳은 누군가의 방이었다. 거기서 자경이 마주한 것은, 제 손으로 목을 조르고 죽은 이였다.

"니노… 어떡해?"

세라피나는, 유리잔 하나를 깨뜨렸을 때처럼 말했다.

"내일 전화 연결해서 신고해야지…."

"아니. 그 전에 말이야."

자경은 세라피나를 돌아보았다.

"애들도 알면 놀랄 거고… 원장님도 아시면 큰일이잖아."

"당연히 놀라겠지. 당연히 큰일이고."

"밖에 눈이 많이 왔어… 지금도 계속 쌓여. 내일 바로 밑으로 내려갈 수 있을까?"

"내일 못 가면, 모레 가면 되지. 모레 안 되면 그다음 날을 기다리고."

"그럼 그전에는?"

"야, 허수영."

자경의 부름에 세라피나가 고개를 들었다.

"너… 사람 죽었는데 놀라지도 않아?"

"이렇게 놀라고 있잖아."

"얼마 전 그 애 죽었을 때도 이랬어?"

"그게 무슨 말이야? 그러는 너는 어떻게 그렇게 태연해?"

둘은 잠시 서로를 노려봤다. 그러다 자경은 시신으로 시선을 옮겼다. 자신의 목을 꽉 조른 손은, 죽은 뒤 조금 느슨히 풀려 있었으나 여전히 올가미 모양으로 깍지가 껴 있었다. 자경은 그 앞에 앉아, 혀를 길게 뺀 얼굴을 들여다보았다. 당연하게도, 아는 얼굴이었다. 마리아. 자경은 입 모양으로 말했다. 죽은 이의 몸이 조금 움찔하는 듯했다. 사망 직후 충분히 일어날 수 있는 현상이었다.

"자기 목을 단단히도 졸랐네…."

"…이상하지?"

세라피나가 자경 옆에 앉으며 말했다.

"뭐, 그만큼 조르고 싶었나 보지…."

"그게 가능해? 자기 몸인데?"

"그럼 남의 몸은 가능해?"

"텔레비전에서 법의학자가 그러는데, 자기가 자기를 찌르거나 하는 자살 방법은 타살이랑 다르게 단호하지 못하대."

"난 그런 거 몰라."

그때, 자경은 마리아의 옆구리에 나 있는 작은 구멍을 발견했다. 피 한 방울 없이, 액자가 걸려 있던 벽에 난 못 자국처럼, 그냥 그렇게 푹 들어간 흔적이었다.

"이게 뭘까…."

세라피나가 중얼댔다. 그의 눈길도 자경의 시선을 따라 멈춘 모양이었다.

"살(煞) 자국…."

"응?"

"아주 깊은 원한은, 살이 되어 날아가 원망의 대상에게 꽂혀."

세라피나는 말이 없었다.

"니노, 여기 정말 귀신이 쓰인 거지? 그렇지?"

"너, 시신을 숨기고 싶은 건지, 귀신을 쫓고 싶은 건지 아직 못 정한 것 같은데."

세라피나의 입술이 떨어지려 하는데, 뒤에서 으르렁 소리가 났다. 범이 몸을 낮추고 방안을 노려보고 있었다. 공격 태세를 갖춘 범은, 이어서 순식간에 마리아의 시신에 달려들었다.

"까가…각!"

마리아의 빠져나온 혀 아래 감춰져 있던 입술이, 툭 튀어나와 방구석으로 달려갔다.

"급하기도 해라. 입술만 빠져나왔군."

검푸른 입술은, 쌕쌕대며 귀퉁이에서 부르르 떨었다.

"까각… 저걸… 왜 불러들였어? 내보내! 내보내!"

겨우 한 줌 입술로 남은 마리아를 바라보며, 자경은 한숨을 내쉬었다. 결국 이렇게 작아질 존재를, 어릴 땐 얼마나 두려워했던가? 쉼터 아이들보다 신과 한층 더 가까운 존재라는 신부나 수녀가 아니어도, 생활 지도사들 역시 소녀들에겐 그렇게 우러를 수 없는 대상이었다. 나를, 가정폭력을 당한 여자아이들을 안전하게 보호해준다는 여기 이 쉼터에 머물게 할 수도, 강간한 아빠와 죽어라 때린 엄마에게 돌려보낼 수도 있는 사람. 내게 밥을 주고 옷을 주는 사람. 어쩌면 신보다 더 높은 곳에 있는 이들이었다.

"저거 내보내! 내보내!"

까각, 까각. 마리아, 아니 입술은 계속 그렇게 외쳤다. 범이 입을 쩍 벌리고 다가서는데, 자경이 손을 내밀어 막았다. 콩, 범의 분홍빛 코가 자경의 손바닥에 부딪히고 범은 꾸르르, 소리를 내며 물러났다.

"뭘 내보내?"

자경의 말에 마리아는 찢어져라 비명을 지르더니 중얼중얼, 방언과 같은 말을 내뱉었다.

"…마리아, 개신교로 개종했었어?"

자경이 세라피나를 뒤돌아봤다. 세라피나는 어깨를 으쓱, 했다.

"저기요, 마리아. 나, 알죠? 자경이에요."

"니노, 니노 말이에요."

"내보내! 저거 내보내라고!"

"…마리아. 어떻게 죽었는지 말할 생각 없어요? 그럼 우리도 계속 듣고 있을 이유가 없는데."

범이 침을 뚝뚝 흘렸다.

"네가 잘 알잖아? 네가 잘 알잖아?"

몸에서 입술만 간신히 도망쳐 나온 마리아는, 퉁퉁거리고 방 안을 뛰어다니며 말했다.

"나는, 마리아보다 뭘 잘 안 적이 없는데…."

"맞아요, 마리아 선생님. 우리는 다 컸어도, 여전히 선생님의 아이들이잖아요."

세라피나가 거들었다. 입술은, 잠시 둘을 응시하더니 몸을 가늘게 떨었다. 그리고 이내 굳게 닫혔다.

"…아무래도, 알아서 알아내야겠다. 이젠 다 컸으니까."

자경이 범의 옆구리를 쓰다듬었다. 범이 거대한 입을 벌렸다. 끝내 열리지 않은 마리아의 입술은, 범의 송곳니 아래 짓이겨졌다.

"우와… 저거, 먹는 거야?"

세라피나가 나른하게 물었다.

"…여기, 아직 텃밭 있더라? 오면서 보니까."

"응?"

"일단 거기 갔다 올게. 얘기는 천천히 하자."

"…시신은 어떡하지, 니노?"

"난 그런 거 몰라. 썩어 문드러져 냄새가 풍길 때까지 알아서 잘 숨겨보든가. 경찰한테는 시체가 자기가 알아서 숨었다고 말하고. 여기, 그런 거 전문이잖아."

세라피나는 뜻밖에 조용했다. 그러더니, 무릎을 짚고 일어섰다.

"나도 같이 내려가야겠다. 가는 길에, 가블리엘한테 들르자."

들르자? 어떻게 나에게 그런 말을 한단 말인가. 자경은 생각했다.

"세라피나. 아니, 허수영. …뭐라고 불러줘야 할까? 너는 참… 여전하다.”

“…사람이 그렇게 쉽게 변하니.”

그 소리가 너무 작아서, 자경은 자신이 잘못 들은 것인가 했다. 그것을 판단할 틈도 없이, 세라피나는 자경을 앞질러 방문을 열었다. 자경과 범도 뒤따라 나와 문을 닫았다. 계단을 내려가며, 세라피나는 옅게 콧노래를 불렀다. 잊힌 제목의 성가가 멎을 무렵, 세라피나는 출입문 가장 가까운 방의 문을 똑똑, 두드렸다. 자경은 굳이 그리로 고개를 돌리지 않고 건물 밖을 향해 걸음을 옮겼다.

“주님!”

그때, 세라피나가 흐느끼듯 외쳤다. 외침이었으나 아주 작은 외침이었다. 자경의 귀에만 들릴 만큼. 자경은 잠시 멈춰서서 고민했다. 그러다, 천천히 뒤를 돌았다. 흐린 간접등만 켜진 건물 현관 바닥 위로, 문간 방 안에서부터 흘러나오는 붉은 액체가 가늘게 물들이고 있었다.

가블리엘은 방에서 혀를 깨물고 죽어 있었다. 그는 자경, 아니 니노와 세라피나가 어릴 적 이곳의 안전관리요원이었고 지금도 그러했다. 말로만 듣던 이런 죽음이 가능하군. 자경은 피로 범벅된 가블리엘의 얼굴 앞에서 생각했다. 그의 뺨에, 마리아와 같은 작은 구멍이 나 있는 것이 보였다. 역시 누군가 날렸을 살의 흔적이었다. 세라피나를 돌아

216

보았다. 표정 없는 얼굴이었다.

"니노."

세라피나가 말했다.

"귀신을 쫓아줘…."

"…가블리엘이 죽었네."

"응. 이제 시신 처리는 누구한테 부탁하지?"

"너도, 죽을까 봐 겁나?"

"아니."

"그럼 왜 그렇게 귀신을 겁내?"

"원장님이… 아시면 안 되니까."

자경은 피가 차갑게 식는 기분이었다.

"귀신은 사람을 죽이지 못해. 그 애가 어떻게 죽었는지 몰라도, 네가 생각한 죽음과는 달랐을 거고."

"하지만… 피비린내가 나는걸. 원혼 냄새가… 자꾸 짙어 져만 가잖아."

자경은 흠칫 놀라 세라피나를 바라보았다. 어떻게 귀취 를 맡는단 말인가. 그러다, 그의 어깨를 잡고 거칠게 벽으 로 밀어붙였다.

"똑바로 말해. 죽었다는 그 애한테 무슨 일이 있었는지."

세라피나는 피투성이가 된 가블리엘을 물끄러미 내려보 다가, 자경을 쳐다봤다.

"그 애가… 어떻게 죽어 있었는지 알아? 현관문은 열려 있고, 먹지도 않던 소주에 청산가리를 넣어 마셨대. 근데 정말 이상한 건, 병에도, 잔에도, 사람 지문이 하나도 없었다는 거야."

"그게 뭐가 이상해."

"자살했다면, 어떻게 아무 데도 지문이 없지? 극약을 먹고 죽어가는 동안에 그걸 지우고, 지운 흔적까지 치웠다는 거야?"

자경은 어처구니없다는 듯 웃었다.

"나는 그딴 거 말고, 그 애한테 진짜 무슨 일이 있었는지가 궁금해. 얼마 안 있으면 자립지원금까지 받아 나올 수 있었다는 애가, 자기 집에서 성폭행을 당했다는 애가, 왜 그렇게 급하게 여기를 내려가서 죽어야만 했는지."

"…니노, 나는 귀신을 쫓고 죽음을 멈춰달라고 너를 부른 거야."

자경은 이를 꽉 깨물었다.

"네가 생각하는 귀신 쫓기는 뭔데?"

"누구 손에 죽었는지, 어째서 여기를 떠나지 않는지 묻고 달래서 보내는 거."

"나는 그런 걸 할 수 없어."

"니노, 네가 영혼을 본다는 소식은 모두가 알아."

"나는 무당이 아니야."

"하지만 귀신을 보잖아! 그러면, 불쌍한 귀신도 달래서 보내주고 여기도 지켜줄 수 있는 것 아니야?"

"그 애 영혼을 어떻게 달래지? 어떻게 보내지? 원한을 품다 품다 못해 이곳까지 오기를 기다렸다가, 살아생전 받은 고통을 캐묻고, 죽은 몸을 다시 죽여? 허수영. 세라피나. 그게 다 무슨 소용이야. 이미 죽은 영혼을 달랠 방법은 없어. 레퀴엠이든 살풀이든, 다 산 사람 마음 달래자는 것뿐이야!"

"말조심해!"

"못 해! 그래, 나는 닥치질 못해서 신을 버리고 쉼터도 교회도 떠났어. 너는 말조심을 잘하니 이 개 같은 곳을 지키고 있고."

"입 다물라고 했지! 네가 뭘 안다고 떠들어!"

"알지. 많은 걸 알지. 이젠 송장처럼 누워 있다는 원장이 지금보다 덜 주름졌을 적, 밤마다 내 옷 속에 손을 넣고 주물럭댄 것도, 어떤 날엔 속옷까지 벗긴 것도, 다른 방에도 그렇게 들어간 것도 알지."

"그래서 잘난 너는 다 지난 후에, 고발하겠다고 교회를 흔들어놓고 성당을 떠났잖아. 아니, 여기를 제일 흔들어놓았잖아. 종신서원하여 주님의 영원한 종이 되겠다고 수녀가 된 약속 따위는 우습다는 듯이. 그러면 됐지, 뭘 바라는 거야? 그 난리를 쳐놓고, 아직도 억울해? 나가서 원하는 대로 살았으면 그만이잖아!"

"억울해! 억울해서 미칠 것 같아! 수만 번을 말했어도, 원장의 머리를 으깨놨어도, 여전히 매일 억울했을 거야. 그런데 그러지도 못했어. 너희가 내 입을 틀어막았거든! 신의 종이라는 자들이 힘을 합쳐 그랬거든! 기억 안 나?"

세라피나의 눈이 흔들렸다. 잠시 말이 없던 그가 다시 입을 열었다.

"네가 떠나고… 여기는 더 큰 지옥이 됐어."

자경은 몸에 힘이 탁 풀렸다.

"그게 내 탓이니?"

자경은 분노와 허무로 떨리던 몸으로 흐느끼기 시작했다. 그리고 주저앉았다. 세라피나는 그 모습을 멍하니 바라보다가, 무릎을 끌어안고 앉았다.

"네가 여기를, 나를 얼마나 미워하는지 알아."

"……"

"그런데, 나도 네가 미웠다."

세라피나는, 자경처럼 흐느끼기 시작했다.

"나는 매일같이 강간을 당하고도 가만히 있는데, 너는 왜 자꾸 비밀을 말할까. 왜, 왜 나를 더 무섭게 만들까. 여기를 나가면 우리가 어디로 간다고…."

자경은 눈물 가득한 눈으로 세라피나를 노려봤다.

"너는 너만 불쌍하구나."

세라피나가, 고개를 들어 텅 빈 눈으로 자경을 바라보

왔다.

"그렇게 나가서… 행복했어?"

"아주 좆같았어."

"……."

"그렇지만 여기처럼 지옥은 아니었어."

"나는 여기가 사라지는 게 무서워."

"너는 비겁하니까."

"비겁하지 않은 건 뭔데?"

"비겁하게 굴지 않는 것."

세라피나는 손으로 얼굴을 가리더니 무릎에 묻었다. 그때, 검푸른 무언가가 어기적대며 움직였다. 가브리엘의 영혼이었다. 산 자들의 대화가 길어진 틈에 도망치려 한 모양이었다. 그것을 발견한 범이 으르렁대며 이빨을 드러냈다. 자경도 그 모습을 보았다. 그리고 굳이 말리지 않았다. 범이 무엇을 먹어 치울지 알았지만, 그러지 않는다고 해도 달라질 것은 없을 터였다. 어차피 이곳은 지독한 침묵의 땅이었다. 자경의 눈치를 살피던 범은, 검푸른 몸뚱이에 벼락같이 달려들어 혀를 뜯어냈다. 그런데 뜻밖에 혀는 단숨에 끊기지 않았다. 찢어져 가면서도 끈질기게 망령의 목구멍에 붙어 버티던 혀는, 꿈틀대며 떠들었다.

"니노. 니노네? 천박한 종년."

킥킥 소리가 났다. 혀가 웃는 것인지, 무엇이 웃는 것인지 알 수 없었다.

"나가면 끝일 줄 알았지? 너는 언제나 여전히 여기에 있었던 거야."

그 순간, 어디서 새까맣게 빛나는 살이 날아와 그 혀에 꽂혔다. 툭. 혀는 그제야 완전히 끊어져 범의 입에 물렸다.

"…그리고 보니 텃밭에 가던 길이었지."

자경이 울음을 그치고 일어섰다. 이미 죽은 혀의 말은 허공으로 흩어졌다. 자경은 방을 나가려다 말고, 앉아 있는 세라피나를 향해 말했다.

"나, 가기 전에 주방 가서 물 한 잔 마실래."

답이 없었다.

"같이 가면, 비밀을 하나 더 알게 될 수도 있는데. 원할지는 모르겠지만."

자경은 문을 열고, 익숙한 주방을 향해 걸음을 옮겼다. 발소리 하나가 뒤따라왔다. 주방 불을 켠 자경은, 찬장에서 머그잔을 꺼내 싱크대로 갔다. 그리고 물을 따른 후 식탁에 놓았다. 그러고는 티슈를 한 장 뽑아 자신이 잡았던 잔 표면을 꼼꼼히 닦았다. 아주 천천히. 자경은, 그렇게 닦은 잔을 입으로 물어 들어 올리고 고개를 젖혔다. 턱이 바들바들 떨렸다. 물줄기는 자경의 입 밖으로 주르륵 흐르면서도 또 입안으로 들어갔다. 물이 사라지고, 컵을 던지듯 뱉은 자경이 세라피나를 바라봤다.

"손을 안 대고도 얼마든지 먹을 수도, 죽을 수도 있어."

세라피나는 휘청이며 벽에 손을 짚었다.

"경찰도 알았을지 몰라… 세상 사람들은, 너희 생각보다 많은 걸 알고 있어."

"…너는, 그 애가 그런 방법을 썼을 줄 어떻게 알았어?"

답을 하려 입을 여는 자경의 목이 메어왔다.

"해봤으니까. 나같이 힘없는 여자 하나 죽으면 다들 그러려니 할 것 같아서, 잠시라도 살해당한 것처럼 보이면 세상이 나를 보아줄까, 너희의 죄를 알까, 수없이 생각하고, 연습해봤으니까."

세라피나는 혼자 무언가를 중얼거리며 계속 머리를 가로저었다.

"그 애가 그날 어떻게 죽었건, 그건 이곳 때문이야. 이곳이 그 애를 죽였어."

자경이 말했다. 세라피나는 이번에는 소리 지르지 않았다.

"비밀을 알았으니, 너도 말해야지."

자경은 세라피나에게 다가갔다. 세라피나는 주춤, 뒤로 물러서더니 한동안 멈춰 서 있었다. 그리고, 저벅저벅 걸어가기 시작했다. 익숙한 경멸이 자경의 얼굴에 떠오르려 할 때, 세라피나가 말했다.

"그 애는 제 물건도 제대로 챙기지 않고 갔어."

세라피나는 계단을 올라 자신의 방으로 들어갔다. 그리

고, 상자 하나를 꺼냈다. 겨우 라면박스 하나에, 한 사람의 소유가 모두 들어갔다. 노트가 보였다. 자경은 손을 넣어, 연약한 자물쇠가 대롱대롱 달린 일기장을 꺼냈다. 범과 눈을 맞추자, 다가와 그것을 물어뜯었다. 툭, 일기장이 열렸다. 자경은 페이지를 넘겼다. 손이 조용히 떨렸다. 자경은 공책을 덮고 품에 꽉 안았다.

"원장, 아직도 그 방에서 자니?"

세라피나는 말없이 눈을 피했다. 자경은 노트를 끌어안은 채 문을 거칠게 열고 복도로 나갔다. 계단을 내려가고, 현관을 나섰다. 숙식동 옆에 단단하게 지어진 사택. 밤마다 떠올리며 떨던 그곳을 향해, 자경은 걸어갔다. 깜깜한 어둠에 묻힌 사택이 모습을 드러냈다. 범이 으르렁대기 시작했다.

"니노."

사택 앞에서, 세라피나가 자경을 불렀다.

"하나만 물어봐도 될까?"

"뭐를?"

"여기서 자라 어른이 되고… 서원을 하고… 또 서원을 한 끝에 종신서원을 하고, 수녀의 몸으로 이곳에 돌아와 아이들을 보고. 왜, 그러다 어느 날 떠났어? 왜 갑자기, 왜 하필 그때, 지난 일을 밝히고 싶어졌어?"

자경은 말이 없었다.

"나는 그러지 못했는데, 너는 어떻게 그랬어? …말해줘…."

자경은 세라피나가 울고 있음을 알았다.

"…세라피나."

이곳을 영영 떠나간 후 처음으로, 자경은 그 지긋지긋하던 세례명으로 누군가를 불러보았다.

"너는, 신을 사랑했니?"

세라피나는 답이 없었다.

"나는 그러지 않았어. 원망해본 적도, 의심해본 적도, 사랑한 적도 없었어. 그런데, 달리 할 수 있는 게 떠오르지 않더라. 그래서 수녀가 되기로 했어. 그렇게 수녀가 되고, 네 말대로 다시 여기로 왔어. …갈 곳이 떠오르지 않아서."

세라피나는 계속해서 숨죽여 흐느끼고 있었다.

"여기 오고 나서, 아이들을 사랑하게 됐어. 알면 알수록 더 사랑하게 됐어. 신이 만든 아이들을… 그래서 나는, 아이였던 내게 원장이 지은 죄를 용서할 수 없어졌어. 그런 인간이 신과 가장 가깝다고 자처하면서 신부라는 이름으로, 신이 사랑하는 아이들을 보게 더는 놔둘 수 없었어…."

자경이 뒤를 돌았다.

"세라피나, 너는 귀신이 무섭니?"

세라피나는 눈물을 흘리는 채로 고개를 끄덕였다.

"무서워. 너무 무서워…."

"나는 귀신 같은 건 하나도 무섭지 않아. 귀신은 나를 더듬지도, 멋대로 입 맞추지도, 강간하지도 못하니까. 나는, 원장이 차라리 악령 같은 거였으면 했어. 그런데, 사람이잖아. …그냥 사람이잖아."

"니노."

세라피나가 울부짖었다.

"미안해."

"미안해해야지."

"나를 용서하지 마."

"안 할 거야."

"너는 어째서 노예였던 소녀의 이름을 굳이 찾아내 고른 걸까. 네가 떠나고도 가끔 궁금했어. 나는, 얼결에 세례명을 받아놓고 뒤늦게 세라피나라는 성녀가 가난한 소녀였다는 걸 알고서… 실망했거든, 실은."

"세라피나는 가진 게 없어도 언제나 자기 음식을 남에게 반씩 나눠줬대."

자경은, 기부받은 낡은 티셔츠를 나눠 입은 후 이름만이라도 공주였으면 좋겠다, 투덜거리던 어린 세라피나의 얼굴을 떠올렸다. 아주 작고 떨리는 얼굴이었다. 공주의 이름을 원해서 세라피나는 행복했을까, 자경 역시 종종 궁금했다.

"나는, 니노가 노예 출신이어서 좋아."

어린 날처럼 말하며, 자경은 사택의 무거운 문을 당겼다.

226

열리지 않았다. 짤랑, 세라피나가 허리춤의 열쇠를 꺼내 꽂
았다. 문이 열리자 비릿한 귀취가 진동을 했다. 불 꺼진 사
택 안은 어두웠다. 캄캄한 거실에서, 자경은 세라피나에게
물었다.

"그 사람, 지금 많이 늙었니?"

"응."

"많이 아프니?"

"응. 병원에서 더 이상의 치료는 연명의 의미만 있다고
했어. 원장님이 지내던 곳에서 편안히 어서 소천하고 싶다
고 하셔서, 모셔 왔어."

"그렇구나…."

자경은 벽을 더듬었다. 어둠이 눈에 익자, 원장이 잠들어
있을 가장 크고 깊숙한 방이 보였다. 문을 열고, 불을 켰다.

"누구시오?"

천사가 조각된 침대 위에서, 노쇠한 목소리가 반사적으
로 외쳤다. 자경은 침대로 다가갔다.

"저, 니노예요."

그 말에 침대 위 노인은 눈을 번쩍 떴다. 일어나려 하지
만, 몸이 뜻대로 움직여지지 않는 듯했다.

"저를… 기억하세요?"

노인은 답이 없었다. 대신 눈을 다시 감더니, 중얼중얼
기도문을 읊기 시작했다.

"기억 못 하실 수도 있겠네요. 아주 많은 아이들을 보셨으니…."

원장은 계속 기도문을 읊으며 묵주를 돌렸다.

"저는 기억하는데. 원장님, 밤마다 자주 제 방에 들르셨잖아요. 성이 무엇인지도 모르는 아주 어린 제 가슴과 배를 만지고, 아래 입은 속옷도 내리셨잖아요."

원장이 다시 눈을 부릅떴다.

"누구시오. 나는 하느님과 성모와 성인들이 지키는 몸이오. 썩 물러가시오!"

"그 몸으로, 저한테 죄를 지으셨잖아요. 다른 아이들에게도요. 얼마 전 죽은 아이에게도요. 왜 그러셨어요?"

"니노."

그제야, 원장은 기침하듯 자경의 세례명을 내뱉었다.

"아, 이제 신을 떠났으니 그리 부르면 안 되겠지. 나는, 네가 무슨 말을 하는지 모르겠구나."

"몰라도 상관없어요. 죽는 날까지 모를 걸 아니까. 하지만 내가 알고, 신이 알고, 이제 세상이 알게 할 거야."

"그 더러운 입에 어찌 하느님을 담아!"

"귀신보다 더러운 새끼가 어떻게 감히 신을 들먹여! 그래서 너는 더 더러운 거야!"

자경은 그의 얼굴에 침을 뱉었다. 귀신이라는 말에, 뒤따라온 범이 산 같이 울부짖으며 다가왔다. 그 소리에 원장 신부는 꺽, 숨 들이켜는 소리를 냈다.

"용서를 빌 기회를 수도 없이 줬어. 이젠 선처를 바라야 할 거야."

신부는 드디어 저 뒤에 선 세라피나를 발견하고 부르짖었다.

"세라피나! 세라피나! 이 침입자를 내쫓거라."

"…원장님… 그런데요… 이 방에 오니까 피비린내가 더 나요…."

"무슨 소리를 하는 거야!"

"너, 그거 아니?"

자경이 원장에게 말했다.

"사탄들은 자기들끼리 지키는 규율이 있대. 그리고 그 원칙 중의 하나가, 아동과는 절대 성관계를 맺지 않는다는 거야. 너는 사탄만도 못한 사람이야. 네가 그걸 몰라도, 값은 치러야 해. 너 말고… 여기 남아 침묵하던 사람들은 모두 죽었어. 귀신이 아니라, 자기들의 죄 때문에. 그 죄가 제 목을 조르고 혀를 자른 거야. 입을 다물어서, 영영 다물게 된 거야."

"…세라피나!"

"아… 세라피나는, 죽지 않았지. 나를 여기로 불러들였으니까."

자경은 범의 뺨에 얼굴을 맞대고 귓속말을 했다. 그리고 목덜미를 가볍게 움켜쥐었다. 범은, 날아올라 침대를 덮쳤다. 와드득, 와드득. 물어뜯는 소리가 났다. 까가각, 원장 신부의 바람 빠진 비명이 새어 나왔다. 잠시 후 침대를 내려온 범이 뱉어낸 것은 작고 쪼그라든 성기였다. 이어서 나온 것은, 자그맣고 검푸른 도넛 모양에 작은 구멍이 징그러울 만큼 가득히 송송 뚫려 있는 무언가였다.

"저게… 뭐야?"

손으로 입을 가리고 세라피나가 물었다.

"병, 그리고 죽음의 그림자."

자경은 다리 사이를 붙들고 벌벌 떠는 노인에게 몸을 굽혔다.

"그렇게 좋아하는 신의 곁에 못 갈 거예요. 병도, 죽음도 당신을 떠나갔어요. 증상은 가져가지 않았어요. 그것들이 가져다준 고통과 수치는 더 끔찍해질 거예요. 주인을 잃었으니 마구 날뛸 거거든요. 살아서, 세상의 법으로 재판받고 결과를 기다리세요. 병은 참작되지 않을 거예요… 사라졌으니까요."

"끄으… 더러운 사탄마귀야, 네가 나에게 이러는 이유가 무엇이냐?"

원장 신부가 울부짖었다.

'당신 때문에 소녀들이 끔찍하게 아프고, 수치스러웠으니까. 겪지 않아도 될 고통과 수치였으니까.'

자경은 속으로만 말했다. 그가 궁금해하는 것을 끝내 알려주지 않은 채, 자경은 범과 세라피나를 데리고 밖으로 나왔다.

그새 눈이 그쳐 있었다. 그러나 내리는 족족 쓸었어도 무릎이 푹푹 빠질 만큼 쌓여버린 눈은 아직 녹지 않았다. 어두운 눈길을 헤치며 숙식동으로 돌아가는 길은, 그래서 짧지만 길었다.

"맞다, 텃밭… 얼어 있어서 괜찮으려나."

세라피나가 우물우물 말했다.

"원장의 병도, 거름으로 줄 거야?"

"…아니. 아동성폭력범의 것은 거름으로 쓰지 않아."

텃밭에 도착한 범은, 입속 깊이 숨겨둔 혀와 입술을 뱉어냈다. 쌓인 눈 위에 그것들이 떨어지자, 눈이 녹고 흙이 드러났다.

"범이 귀신 몸을 뜯어내도록 놔두는 건, 나쁜 짓 당한 사람들 원한을 풀어주려는 거야?"

"아니."

"그럼 왜?"

"포도가 잘 자라라고. 사람들이 살아 있는 동안, 맛있는 포도를 먹게 하려고."

자경은 잠시 멈췄다가 덧붙였다.

"영혼의 상처는 절대로 사라지지 않아. 견디는 방법을 찾아낼 뿐이지… 그리고, 죄도 마찬가지야."

자경이 세라피나를 마주 봤다.

"세라피나, 너는 씻을 수 없는 죄를 지었어. 나한테, 그리고 아이들한테."

"…속죄할 수 있을까."

"모르지. 알 수 있는 건, 나는 너를 용서하지 않을 거라는 것뿐이야."

자경의 눈에 눈물이 차올랐다. 그것을 막을 수 없었다. 씻기지 않은 응어리가, 자경의 몸을 떨리게 했다.

"나쁜 년! 어떻게 그래, 어떻게! 너도 아픔을 알면서, 어떻게…."

자경은 세라피나의 가슴을 마구 쳤다. 그때마다 세라피나는 밀려나며 눈길에 미끄러졌다. 그리고 다시 일어났다. 그러면 자경은 거듭 세라피나를 때렸다.

"나는 네가 나를 외면한 걸, 진실을 숨기려고 한 걸 영원히 증오할 거야…."

자경은 욕을 내뱉으며 계속 울었다. 울며 세라피나를 때렸다. 그러다, 넘어지듯 눈길에 주저앉았다. 세라피나와 자경은 눈밭에 함께 나뒹굴었다. 눈물이 자경의 눈에서 흘러나와 뺨을 적시고 귀로 흘러 들어갔다. 자경은, 문득 몸을 돌려 세라피나를 향해 주먹을 들어 올리다가, 그를 끌어안았다.

"그 새끼가 나한테 한 것처럼 너한테 한 짓을, 영원히 증오할 거야. 영원히 마음 아파할 거야. …그놈이 사라지고, 세상이 사라지고, 내가 사라져도."

몸을 피하던 세라피나가, 자경의 팔을 꼭 잡았다.

"그러니까 살아서 말해. 네가 아는 모든 걸 말해."

세라피나가 쉰 목소리로 말했다.

"…니노. 그거 알아? 이번 교황이, 아동 성범죄를 '델릭타 그라위오라'로 정의했대."

"그게 뭐더라…."

"가장 무거운 죄. 비밀 유지의 예외 사항."

"멋지네. 죽은 지 오래인 라틴어로 그렇게 말하니까, 참 멋들어지네."

"그치? 교황이 그렇게 말하면 그렇게 되고, 아니면 델릭타 그라위오라가 아닌가 봐."

눈이 내린 세상은 무섭도록 고요했다. 둘이 계속 무언가를 말하지 않았다면, 이곳엔 침묵 외에는 아무것도 없을 것만 같았다. 그때, 보드라운 털이 언 뺨에 닿았다. 갸르릉, 범이 입을 열자 온기가 느껴졌다. 범은 자경의 옆에 엎드려, 눈을 꾹 감았다. 자경은 손을 뻗어 범을 쓰다듬었다. 총에 맞아 뻥 뚫린 자리가 만져졌다. 동물원을 탈출해 사살된 범의 영혼을 거둬오던 날, 뉴스를 본 자경은 생애 마지막

기도를 했다. 기도문대로 하지 않았다. 어릴 때 가보지 못한 동물원을 어른이 되고 찾아가며 들떴던 마음이 미안했다. 성호를 긋고 눈을 떴을 때, 창 밑에서 호랑이 소리가 났다. 그날을 생각하며 범의 총상을 만지는데, 범의 몸이 떨렸다. 호랑이도 추위를 타던가. 생각하던 자경은 범의 목을 꼭 끌어 안아줬다. 범과 자경은 밤마다 함께 떨며 잠들었다. 두려움은 영혼이 되고도 사라지지 않았다. 그래서 둘은 붙어서 잠을 청했다.

"니노. 여기가 사라지고 나를 받아주는 수녀원도 없으면… 나는 어디로 가지?"

세라피나가 말했다.

"농사는, 공주 같은 일이 아니라 싫니?"

자경이 물었다. 세라피나가 웃음을 터뜨렸다. 그때, 문득 자경은 알아차렸다. 더는 비릿한 원한의 귀취가 나지 않았다. 더듬더듬 가슴에 손을 갖다 대보았다. 날카로운 살이 빠져나가고 흐르는 피가 멈춘 가슴이, 외투 너머 부드럽고 보송한 피부 밑에서 쿵쿵대며 뛰고 있었다. 십자가를 부수고 과거를 떠나오던 날, 저주처럼 새겨졌던 허벅지의 흉터가 웬일로 아프지 않았다.

"이상하게 갑자기 비린내가 안 나네…."

세라피나가 꿈꾸듯 말했다.

"전에는 항상 났거든. …근데 있지, 하느님도… 사람에게 용서를 구할 때가 있대."

"누가 그래?"

"그럴 땐 사과의 표시로, 그 사람을 지키는 징표를 새겨 놓는대."

"수녀가 성경에 쓰이지 않은 말을 하네. 성경에 쓰이지 않은 말은 귀신의 말이라더니."

"꿈에서, 그 애가 그랬어…."

세라피나를 쳐다보던 자경은, 허벅지를 만지며 자리에서 일어났다. 날이 어슴푸레 밝아오고 있었다. 죽은 이와 산자의 몸이 햇빛 아래 공평히 드러날 시간이었다.

빗물 소설과 비평을 씁니다. 환상문학 웹진 '거울' 필진, 호러 출판 레이블 '괴이학회' 소속. 《야간 자유 괴담》《내 유튜브 알고리즘 좀 이상해》《당신이 찾아 헤매는 건 책이 아니야!》 《하얀색 음모》《고딕×호러×제주》 등에 참여했습니다.

처음에는 프린세스가 될 예정이었다

초판 1쇄 발행   2024년 12월 12일

지은이   김인정, 구한나리, 김산하, 남세오,
            박희종, 빗물, 서계수, 아밀, 해도연
펴낸이   박은주
기획   환상문학웹진 거울
디자인   김선예, 이수정
마케팅   박동준

발행처   (주)아작
등록   2015년 9월 9일 (제2023-000057호)
주소   07236 서울특별시 영등포구 의사당대로 38 102동 1309호
전화   02.324.3945-6   **팩스**   02.324.3947
이메일   arzaklivres@gmail.com
홈페이지 www.arzak.co.kr

ISBN   979-11-6668-855-3 03810